「劉生……」
滑って転んだ劉生に付き合わされる形になり、扇奈も倒れ込んでいた。劉生の上に扇奈がのしかかっているような体勢になっている。

「ご飯できたよー」
伏見扇奈
見た目は派手で巨乳な
美少女だが、
人嫌いのボッチ体質。
不器用ながらも劉生の
ためにと努力した
料理技術はプロ顔負け。
どこか自分と似ている
奏のことが気になっている。

高村劉生
手先が器用で、
モノ作りが大好き。
家づくりを始めてからは、
特に拍車がかかっている。
扇奈と奏が友達に
なれることを願いつつ
見守っている
寺町奏
実は大の裁縫好きな
優等生。いつか
大人になったら
ミシンを買うのが夢。
加賀椋子
劉生たちが
改修している家がある
山の持ち主の孫娘。
劉生たちのために、
資材や山の幸を
届けてくれる。

「すごいですね、これ。しっかりと中身が詰まっている感触があるのにとても柔らかいです」
「ちょ、ちょっと奏!? ストップ! タンマ! お願いだからやめて!」

「私と一緒に住むってどうかな？」2

見た目ギャルな不器用美少女が
俺と二人で暮らしたがる

水口敬文

HJ文庫
954

口絵・本文イラスト　ろうか

私と一緒に住むってどうかな？

見た目ギャルな不器用美少女が俺と二人で暮らしたがる 2

Contents

Presented by
Mizuguchi Takafumi
Illustration Rouka

プロローグ

watashi to issho ni sumutte iunoha dokana?

雲一つない空を、ツバメが気持ちよさそうに飛んでいく。

どこまでも澄《す》んだ気持ちのいい青空が広がっている。まだ五月まで数日あるが、こういう清々《すがすが》しい青空を五月晴《さつきば》れというのではないだろうか。

「慎重《しんちょう》に、丁寧《ていねい》に……」

そんな青空の下、高村劉生《たかむらりゅうせい》はそんなことを口の中で呟《つぶや》きながら、難しい顔つきで畑の畝《うね》に野菜の種を蒔《ま》いていた。

畑に指で深さ一センチほどの穴を開け、二粒《つぶ》三粒種を入れ、そっと土をかぶせる。そして、そこから三センチほど間隔《かんかく》を空けてまた穴を開ける。その繰《く》り返しだ。

慎重極《きわ》まりない。まるで、繊細《せんさい》な味付けが求められる料理の仕上げをしようとするシェフのようだった。

そんな劉生の種蒔きを、かがんで眺《なが》めていた伏見扇奈《ふしみせんな》が呆《あき》れたような声を発した。

「ねーねー、そんなの適当でいいと思うんだけど。日が暮れちゃうよ」

「バカ言うな」

種蒔きする手を止めることなく応じる。

「こういうことはきちんとやった方がいいんだ。お前が雑すぎるんだよ」

彼女《かのじょ》にも同量の種を分け与《あた》えたはずなのに、とっくに蒔き終えている。超絶《ちょうぜつ》不器用な扇奈が素早《すばや》く丁寧にできるはずがない。ものすごくいい加減にパッパと種蒔きをしたのだ。

「俺《おれ》は素人《しろうと》だしな。基本的なところをいい加減にして、後々後悔《こうかい》したくない」

「劉生ってば、そういうところは真面目だよねー。学校の勉強とかはものすごくいい加減なのに」

「うるさい。大きなお世話だ」

「そういえば、ゴールデンウィーク明けに中間テストがあるけど、大丈夫《だいじょうぶ》?」

「……ゴールデンウィーク明けにお世話になります、扇奈先生」

「素直《すなお》でよろしい」

大人しく頭を下げた劉生に、扇奈は満足そうに頷《うなず》き、笑顔《えがお》になった。そして、教室半分くらいの面積の畑を改めて見回す。

「かなり畑っぽくなってきたね」

「っぽいっていうか、正真正銘《しょうしんしょうめい》畑だけどな」

元々、ここは雑草が伸《の》び放題《ほうだい》の荒《あ》れ庭だった。それを扇奈と二人がかりで雑草を抜《ぬ》き、鍬《くわ》で土を耕し、肥料と石灰《せっかい》を鋤《す》き込《こ》み、畝を切って、畑としての体裁《ていさい》を整えた。

この一週間、畑作りを頑張《がんば》った成果である。

そして、今日はいよいよ待望の植え付けと種蒔きとなった。

すでに植え終えたナスとトマトの苗《なえ》を眺めていると、それだけで充実《じゅうじつ》感と高揚《こうよう》感が込み上げてくる。

「収穫《しゅうかく》がスゲー楽しみだ。野菜ができたら、扇奈、料理は頼《たの》むな」

「それはもちろん、まっかせて！」

ギャルにしか見えない金髪《きんぱつ》の少女が、得意げにピースサインをしてみせた。

「劉生が食べたいもの、何でも作ってあげるから楽しみにしててね」

「おう、色々リクエストするからな」

扇奈は筋金入りの不器用だが、料理の腕前《うでまえ》だけはかなりのものだ。そのへんのレストランに行くより扇奈の料理の方がよほど美味《おい》しい。

「リクエストっていえば、私からもあるんだけど、いいかな？」

どんな料理を作ってもらおうか、とナスの苗を眺めつつ考えていると、扇奈がそんなことを言い出した。

「あのね、野菜もいいんだけど、お花も植えたいの。いいでしょ？」

「花？　お前、花を愛《め》でるようなタイプじゃないだろ」

「ちょっと劉生！　女の子にそれは失礼過ぎない⁉」

「事実だろーが」

扇奈はプリプリと怒《おこ》り出したが、劉生からすれば至極《しごく》当然の感想だ。

この少女とは小学生からの付き合いだが、花屋や植物公園に行きたいと言ったことは一度もないし、道端《みちばた》に咲《さ》く花に目を止めたこともない。花が大好きな女の子、というイメージは皆無《かいむ》である。

「女の子は誰《だれ》だってお花は好きなものだよ。それに、この家って殺風景っていうか、地味っていうか、色が茶色系ばかりじゃない。彩《いろど》りがほしいなー、と思って」

「その気持ちは、わからなくもないけど」

劉生たちが畑を作ったりあれこれしているのは、かつて扇奈の祖父が住んでいた木造平屋建ての古い家だ。祖父の死後、五年ほど放置され、すっかり傷《いた》んでしまった。廃屋《はいおく》一歩手前のあばら家で、色は乏《とぼ》しく、加工しなくてもセピアカラーの写真が撮《と》れてしまいそうな勢いだ。

扇奈が花で彩りを加えたいと言いたくなる気持ちは、わからなくもない。だが、男の劉生としては、花よりも食べられる野菜を育てたくなってしまう。

「花って食べられないだろ。ナスとかキュウリの花で手を打たないか？」

「ナスやキュウリの花が可愛《かわい》くないとは言わないけど、私がそれで納得《なっとく》すると思う？」

「だよな」

ナスやキュウリの小さな花でよしとするなら、最初からこんなことを言い出さない。

劉生はちょっと考えた後、

「わかった。なら、ひまわりを育てよう。それでどうだ？」

と提案してみた。ひまわりの種は炒《い》れば食べられるそうだ。花もきれいだし、ちょうどいい妥協点《だきょうてん》だろう。

だが、扇奈はそれも拒否《きょひ》した。

「ひまわりも嫌《いや》。あのね、これがいいの」

子供っぽく言って、作業着代わりに着ている中学時代のジャージのポケットからメモ帳の切れ端《はし》を取り出した。どうやら前々から考えていたらしい。

「………？　なんか、バラバラな感じだな」

受け取ったメモを見て、首を捻《ひね》る。

赤いバラ、赤い菊《きく》、ピンクの胡蝶蘭《こちょうらん》、エキザカムなどなど……。

「エキザカムってどんな花だよ」

知っている花もあるし、聞いたことがない花もある。全然まとまりがない。

「この花たちに思い入れでもあるのか？」

「そういうわけじゃ、ないんだけど」

尋《たず》ねると、扇奈がモゴモゴと口ごもる。

どうも何か意図がありそうだが、ここで詮索《せんさく》しても教えてくれなさそうだ。だったら、大人しく従っておいた方が吉《きち》、か。

「わかったよ。今度ホムセン行って、あったら買ってこようぜ」

「うん！」

劉生が承諾すると、扇奈は嬉《うれ》しそうに頷いた。

にしても、なんだろうな、このラインナップは。

メモに改めて視線を落としながら考える。

扇奈のことだから、その時の気分で適当にチョイスしただけ、という可能性は十二分にある。だが、なんとなく引っかかるものがあった。

しばし紙面に並ぶ扇奈の丸っこい文字を睨《にら》みつける。

だが、結局答えは見つからなかった。

「ねえねえ劉生、早く残りの種蒔きを終わらせちゃおうよ。私、この後夕飯の支度《したく》したいし」

「お、おう。悪い」

扇奈に急《せ》かされた劉生は、メモ帳の切れ端をポケットに押《お》し込んで、種蒔きを再開した。

紙に書かれた花々の花言葉が、全て『あなたを愛しています』だったと劉生が知ったのは、何年も後のことだった。

1章　山の中の二人

wataishi to issho ni sumutte iunoha dokana?

ゴールデンウィーク直前のある平日、劉生《りゅうせい》と扇奈《せんな》は二年一組の教室で額を突《つ》き合わせながら、ヒソヒソと相談していた。

「まいったなぁ」

「まいったねぇ」

制服姿の劉生が眉間《みけん》にしわを作って呟くと、制服の上からサイズが合っていないダボダボのセーターを着こんだ扇奈も、同じような表情を作ってため息をついた。

「正直、計算外というか予定外だった」

「そうだねぇ。私も大丈夫だと思っていたんだけど、ちょっと油断したっていうか」

「いや、扇奈は悪くない。無計画で無警戒《むけいかい》だった俺が悪い」

「でも、私も悪いよ。今まで全然気にしてなかったし」

と、そこでまた二人揃《そろ》ってため息をつく。

そのまま、うーんうーんと唸《うな》り続けていると、クラスメイトの一人がツツツと近寄ってきた。

「なになに？ どうかしたの？ ひょっとして、子供ができちゃったとか？」

人畜無害《じんちくむがい》な笑顔でとんでもないセクハラを吐《は》くのは、大江智也《おおえともや》という少年だった。

「お前やめろよ、そういう笑えないジョークを教室で言うのは」

渋《しぶ》い顔をしつつ睨んでみせるが、智也はまるで意に介《かい》した様子は見せず、唇《くちびる》の端を持ち上げてにやりと笑った。

「いやぁ、二人の会話を側で聞いていると、そういう風にしか聞こえなかったよ。その証拠《しょうこ》に、ほら」

と教室の前方を指さす。

そこには、募金《ぼきん》用の箱と署名用紙を準備しようとしているクラスメイトたちの姿があった。

「みんな、早速《さっそく》出産費用のカンパと退学処分撤回《てっかい》の署名集めに動こうとしているよ」

「動きが速すぎるだろ!?」

慌《あわ》ててクラスメイトたちの輪に飛び込み、募金箱と用紙を奪《うば》い取る。

「智也のたわ言を鵜呑《うの》みにしてとんでもないことをするなよ！」

劉生が怒鳴《どな》るが、クラスメイトたちは平然としたものだった。

「いや、智也の言葉だけで信じたわけじゃない。お前ら見てたら、みんな絶対に子供ができたんだと確信したんだ」

「余計にタチ悪いなおい！　二人で相談しているだけで、どうやったらそこまで考えが飛《ひ》躍《やく》するんだ⁉」

「高村《たかむら》と伏見《ふしみ》が深刻な顔して相談していたら、そういう問題が発生したと考えるのは、ごく自然だろ」

あまりに当然といった調子で言うので、頭がクラクラしそうになってしまう。

「あのなぁ、俺と扇奈は付き合ってなんかいないんだからな」

この台詞《せりふ》を、何度言っただろうか。

「はいはい、そういうことにしといてやるよ」

この台詞を、何度聞かされただろうか。

劉生と扇奈は小学校からの付き合いの友人だ。親友と言ってもいい。しかし、恋人《こいびと》がやるようなあれやこれやをしたことは今まで一度もない。

一見ギャルのようにも見える派手な雰囲気《ふんいき》の扇奈と健全な友人関係を構築しているなんて、信じられない連中も多いだろう。だが、それでも劉生は扇奈に友達として接し続けていた。

くっ～

「おい扇奈、お前もこういうセクハラにはしっかり文句言えよ。じゃないと、どんどんエスカレートしていくぞ」

クラスメイトたちの表情が全然変わらないので、扇奈に助け船《ぶね》を求める。

髪《かみ》を鮮《あざ》やかな金色に染めた少女は、真面目な面持《おもも》ちで近づいてきた。そして言う。

「ねぇ劉生、子供は女の子と男の子どっちがいい？」

「せめてお前はこっち側にいてくれ！」

劉生の声は、怒声《どせい》というより、悲鳴に近かった。

もはやこれ以上この話を継続《けいぞく》してもいい結果にならないのは、火を見るより明らかだ。

ニヤニヤするクラスメイトを無視して、扇奈の首根っこを掴んで自分の席に戻《もど》った。

「おかえり」

劉生の席で騒動《そうどう》をずっと眺めていた智也がニコニコしながら出迎《でむか》えた。

「……楽しそうだな、智也」

こいつのニコニコは、他の人間のニヤニヤよりもたちが悪いのはよく知っているので、機嫌《きげん》はよくならない。

「うん、こういう時、僕《ぼく》は劉生と友達でよかったって心から思うんだ」

「もっと別のところで思ってほしいんだがな」

もう一人の親友を自分の席に座《すわ》らせた劉生は、苦虫を噛《か》み潰《つぶ》したような顔になってしまった。

「で、二人はなんでウンウン唸ってたの？　まさか本当に子供ができたわけじゃないでしょ」

「当たり前だ。子供ができる可能性はゼロだ」

劉生が強く頷くが、扇奈は笑いながら意味ありげな視線を向けて、

「まあ、過去はともかく、未来はわからないけどね。劉生はオオカミになって私に襲《おそ》い掛《か》かったらそういう可能性は出てきちゃうかも」

などととんでもないことを言う。

「だから、こういうネタで俺をおちょくるなと言ってるんだ」

「え？　こういうネタじゃなかったらおちょくってもいいの？」

「そういう問題じゃねーよ」

扇奈の頭を軽く小突《こづ》くと、智也はアハハと笑った。

「劉生がオオカミかぁ。それいいね。見てみたいかも」

「え、ダメだよ、オオカミになった劉生を見るのは私だけなんだから、劉生の友達になんか見せないよ」

「伏見さん、いい加減僕の名前覚えてくれるかな。大江智也、大江智也ですよー」

「興味なーい」

選挙の立候補者みたいな調子で言う智也から、扇奈は小さい子みたいにプイと顔をそらす。

なんだこのやり取り。

親戚《しんせき》の子供に気に入られたくて必死にアピールする叔父《おじ》さんと、人見知りな幼稚園《ようちえん》児みたいだ。

放っておくと、延々とこのやり取りをしそうだったので、二人のやり取りに無理矢理《むりやり》割って入り、話題を変える。

「俺たちが相談していたのは、こいつのじいちゃんの家の修理計画だよ」

劉生と扇奈は、この間から扇奈の亡《な》き祖父が住んでいた家を改修するという、およそ高校生らしくないことをやっている。

そんなおかしなことをするようになった理由は色々とあるのだが、大雑把《おおざっぱ》に言ってしまえば、自分たちだけの居場所が欲しい、ということだった。自分の家が落ち着かない劉生と扇奈にとって、気兼《きが》ねなく過ごせる場所というのは、とてもありがたかった。

「あの家、かなりボロボロなんで修理する場所が山ほどあるんだ。壁《かべ》のでかい穴をふさぐとか」

「まぁ、あの穴はこの間、劉生が開けたんだけどね。あんなに大きな穴開けちゃってさー」

机に頬杖《ほおづえ》をつきつつ、扇奈がぽそりとつっこむ。

「あんなにでかくなるとは思ってなかったんだよ。あの壁がボロすぎたのが悪かったんだ」

反射的に言い訳をしてしまうが、あれは自分のせいだとよくわかっていた。

扇奈の父親とあの家についてやりあった際に、壁を破壊《はかい》しようとしたのだが、やってい る時についつい余計な力が入ってしまい、想定以上の穴を開けてしまったのだ。

その穴はいまだ手つかずで、ブルーシートで隠《かく》しているだけの状態だ。どうやって直すか、修理のための材料はどうするかなど、色々と調べたり調達したりしなければならないことが多く、畑作りも急がなければならないこともあって後回しにしてしまっている。

「壁の穴だけじゃなくて、かまどもきちんと作ってほしいんですけど」

扇奈のリクエストに、わかっていると相槌《あいづち》を打つ。

今は庭に耐火《たいか》レンガをコの字に組んだだけの即席《そくせき》かまどを使っているが、料理だけはものすごく得意な扇奈には、もっとしっかりしたかまどを使ってその腕《うで》を振《ふ》るってほしい。

「ついでに言うと、かまどで燃やす薪《まき》もないしな」

今までは扇奈の祖父が残した木材の切れ端などを利用していたが、さすがにもう限界だ。

いい加減どこかから調達しなければならない。

「……つまり、何に悩《なや》んでいるの？」

要領を得ない智也が、小首をかしげる。全然似合っていない。

「つまり、何をするにしても材料がないってことだ」

納屋《なや》に扇奈の祖父が何かに使うつもりだったらしい木材が結構な量あったのだが、とてもではないが、それで全てを賄《まかな》えるほどの量はない。さらに言えば、セメントやレンガ、接着剤《せっちゃくざい》といったものは全くない。あくまで自分の力で修理をしなくてはならない二人の財源は月々の小遣《こづか》いだけで、それで様々な材料を全て調達するのはどう考えても不可能だった。

正直なところ、もう少し何とかなると考えていたのだが、その見通しは甘《あま》すぎるものだったと、今更《いまさら》ながらに痛感してしまう。

「そうだ、智也のバイト先のホムセン、売れ残りの木材とか消費期限切れのセメントとか、流行遅《おく》れで売れそうにないレンガとかないか？」

劉生たちが通う木ノ幡《このはた》高校では校則でアルバイトは禁止されている。しかし、智也は親の手伝いをしているだけ、という屁理屈《へりくつ》をこねて、父親が店長を務めるホームセンターでアルバイトをしていた。

「ないよ、そんなもの」

智也が苦笑《くしょう》しながら首を横に振る。

「不良品とかお客から返品されちゃって売り物にならなくなったものとかあるけど、そんなのたまにしか出ないよ。それに、そういうのは大半が卸問屋《おろしどんや》に戻しちゃう。残るのは、お店が買い取りするタイプの商品だけだよ。この前あげた苗とかね。まだ苗いる？」

「いや、苗はもう十分だ。あれは助かった」

実は、先日植えた苗の半分は、廃棄《はいき》する予定だった苗を智也から譲《ゆず》ってもらったものだ。苗一つ一つは百円二百円程度と高くはないが、それが十株二十株となると、かなりの金額になってしまう。智也から廃棄する苗をこっそり譲ってもらえたのは幸運だった。

「ねえ、僕はその家に行ったことがないからわからないけど、そんなに材料が必要なの？」

「必要だな」

ため息交じりに首肯《しゅこう》する。

「智也が想像している以上にボロいぞ。暇《ひま》なら、今度見に来いよ」

「そうだねぇ。非常に興味あるし、ホームセンターの店員として、アドバイスできることもあるんじゃないかと思うんだけど……」

智也は、チラリ、と扇奈の方を見て、

「同居人の許可がもらえたらね」

と言い残し、廊下《ろうか》の方へ行ってしまった。

「あいつくらいは、いいと思うんだけどな」

そう言いつつ、智也が去っていった廊下を睨んでいる扇奈の頭をつつく。

「……うん、わかってはいるんだけど」

扇奈がしょんぼりとうつむく。

彼女は中学時代、色々つらいことがあって、友達がゼロになってしまった。ダボダボのセーターを着こんでいるのも、それに起因する。

そんな扇奈にとって、唯一《ゆいいつ》例外なのが劉生だ。劉生だけが扇奈の友達であり続けている。

そうなると、自然扇奈はいつも劉生と一緒《いっしょ》にいようとする。劉生も扇奈を親友と思っているので、それに不満があるわけではない。だが、友達がたった一人しかいないというのは、どう考えても不健全だ。

こいつに、俺以外の友達ができたらいいんだけどな。

そんなことを考えていると、一人の女子生徒が声をかけてきた。

「劉生君」

「おう、奏《かなで》」

声がした方を振り向くと、小柄《こがら》で真面目そうな女子が劉生たちのもとにキビキビとした足取りで近づいてくるところだった。

寺町《てらまち》奏という。

学年トップの成績を有する優等生なのだが、彼女の密《ひそ》かな趣味《しゅみ》の裁縫《さいほう》に協力することになってから親しくなった。

黒髪《くろかみ》の少女は扇奈に無言の会釈《えしゃく》をしてから、劉生に話しかけてきた。

「あの、先ほど教室からお二人の名前が聞こえてきたのですが、何かあったんですか？」

「いや、気にするな。というか、気にしないでほしい」

子供ができただなんだのというバカバカしい騒《さわ》ぎを、この真面目な少女の耳に入れたくない。

「それより奏、材木とか薪とか安く手に入る場所知らないか？」

「材木？　ああ、あのおうちを直すための材料とかですか」

すぐに理解した奏が、そうですね、と教室の天井《てんじょう》を見上げながら考え込む。

「たまに自治体が伐採木《ばっさいぼく》の無料配布をすることがあるそうです。ですが、配布時期が決まっていますから今やっているかわかりません。また、配布場所はたいてい車で行くような場所ですから、協力してくれる大人がいないと難しいと思います」

「ないね、笠置《かさぎ》市では」

奏の案を聞いて、素早くスマホで検索《けんさく》した扇奈が落胆《らくたん》の声を漏《も》らす。

「そもそも、手伝ってくれる大人いないしな。扇奈のオヤジさん、車出してくれると思うか？」

「無理だよ。お父さん、忙《いそが》しいし」

「だろうな」

それに、扇奈の父親は忙しくなくても、あの家の修理の手助けはしてくれないだろう。何しろあの隠れ親バカは、娘《むすめ》が男友達とあの家で二人きりになることを非常に嫌がっている。

「となると、やっぱり小遣いでちょっとずつ買っていくしかないかぁ」

結局これしかないのかとぼやいてしまう。

ホームセンターに足を運んで材木を見たのだが、案外高い。家全部を修理するための材料を集められるのはいつになるやら。

「あの、一つお聞きしたいんですが、あのおうちは土地も含《ふく》めて伏見さんの所有なんですか？」

劉生に対する時よりも緊張《きんちょう》気味に、奏が扇奈に尋ねる。

「私じゃなくて、お父さんのだけど、うん、まあ、うちのものだよ」

「では、あのおうちがある山は？」

「あの山は私の家の持ち物じゃないの」

扇奈がそう言うと、奏は当てが外れたと顔を曇《くも》らせた。

「そうなんですか。あの山が伏見さんのお宅の所有物なら、あそこの木を切れば、なんて考えたのですが、安直すぎましたね」

「あ」

奏の残念そうな言葉に、扇奈がポンと手を叩《たた》いた。

「そっか。あの山に行けばいいんだ」

……そういえば、この前扇奈が、あの山の所有者はおじいちゃんの友達、とか言っていたな。


その日の放課後、二人は桜ヶ丘《さくらがおか》に向かった。

この数週間の日課と言ってもいい。

毎日毎日、平日だろうと土日だろうとえっちらおっちら自転車を漕《こ》いでここまで来ている。最初は三十分以上かかっていたが、慣れてきたのか、ここ数日は三十分を切る時間で来られるようになっていた。

「ところで、ここって結局、山なんだろうか、丘なんだろうか。どう見ても山だけど、地名は桜ヶ丘なんだよな、ここって」

いつもは上るきつい坂道を上らず、そのふもとで自転車から降りながら、劉生はふと思いついた疑問を口にした。

すると、同じく自転車から降りた扇奈が困った表情になりつつ、

「私も知らないわよ、そのへんのことは。地名としては桜ヶ丘で、山としての名前は別にあるんじゃないの？　山の名前なんて聞いたことないし。持ち主なら知ってると思うけど」

「まあ、そうだろうな」

聞くチャンスがあったら聞いてみよう。

「で、その山の持ち主の家が、この家なのか？」

「うん。『加賀《かが》』って表札があるでしょ。ここがおじいちゃんの友達の家」

「……なんか、すごく普通《ふつう》の一軒家《いっけんや》だな」

扇奈が指さす家を眺めて、素直な感想を漏らす。

「山を持っている地主っていうから、ドーンとすごい日本家屋に住んでいるのかと思って

た」

二人の目の前に建つのは、ごくごく普通の一軒家である。扇奈が桜ヶ丘の山の持ち主に会いに行くと言い出した時、ものすごい邸宅《ていたく》を訪問できると密かに期待していたのだが、見事に肩透《かたす》かしを食《く》らってしまった。

自分がボロアパート住まいなので、大きい家とか豪邸《ごうてい》とかにちょっと興味があるのだ。

劉生が肩《かた》を落とすと、扇奈はちょっと笑った。

「地主とお金持ちはイコールじゃないって」

「そんなものか」

わかるような、わからないような。

劉生が首を捻っている傍《かたわ》らで、扇奈がピンポンとインターホンを鳴らした。

『……はい』

待つことしばし、インターホンのスピーカーから、こちらも暗い気持ちになりそうな陰《いん》鬱《うつ》な女性の声が聞こえてきた。

一瞬《いっしゅん》、幽霊《ゆうれい》が出てきたんじゃないかと思ってしまう。

「突然《とつぜん》お邪魔《じゃま》してすみません。私、伏見善一《ぜんいち》の孫の伏見扇奈と言います。祖父善一は、生前加賀正一郎《しょういちろう》さんと親しくさせていただいておりました。今日は正一郎さんにお願いしたいことがあって、伺《うかが》わせていただいたのですが、正一郎さんはご在宅でしょうか」

あらかじめ考えていたのか、扇奈がスラスラと早口気味に言う。ぼっちで人間嫌《ぎら》いのくせに、こういうことはきちんとできる。

『……少々お待ちいただけますか』

扇奈が用件を言うと、インターホンからの陰気《いんき》な声はブツンと切れてしまった。

「扇奈のじいちゃんの名前、善一っていうんだな」

加賀家をぼんやりと眺めつつ、ぽつりと呟く。

「え？　ひょっとして、初めて知ったの？　劉生にとって、おじいちゃんって恩人じゃなかったっけ」

「それはそうだけど。知る機会なかったろ」

「まあね。実は私もおじいちゃんの名前ってパッと出てこない。だいたいいつも、お父さんの方のおじいちゃんは『桜ヶ丘のおじいちゃん』、お母さんの方のおじいちゃんは『神《か》奈《な》川《がわ》のおじいちゃん』って言ってたから」

「あー、わかるわかる。俺もそんな感じだ」

たわいのないあるある話をしつつ待っていると、年季の入った玄関《げんかん》のドアがゆっくりと開いた。

「……すみません。お待たせしました」

先ほどの声の主と思《おぼ》しき少女が姿を現す。

年《とし》の頃《ころ》は劉生たちと同じ、あるいは少し上くらいだろうか。背は高い。ろくに梳《と》かしていないボサボサの長い黒髪が半分以上顔を隠していて、着古したタンクトップとホットパンツを着ている。

……なんか、インドア感がすごいな。

彼女を見て、劉生はこっそり思った。友達の家に遊びに行った時、こんな雑な恰好《かっこう》をしたオタクなお姉ちゃんを目撃《もくげき》したことがある。

「……祖父が会うそうです。奥《おく》にどうぞ」

彼女はボソリとそう言い、二人を中に招き入れた。

「おじゃまします」

「お、おじゃましまーす」

家の中も、外見に違《たが》わずごくごく普通だった。やっぱり地主っぽくないなと内心思いつつ、細く短い廊下を経て一番奥の部屋に通される。

夕焼けがたっぷり入り込んでいるその部屋の窓際に、大きな介護《かいご》用のベッドが据《す》えられていた。

「おう、あんたが善一の孫か」

そのベッドの上で上半身を起こし、こちらを見ている禿頭《とくとう》の老人が加賀正一郎という人なのだろう。

老人は、ダボダボのセーターをすっぽりと着ているという扇奈の奇妙《きみょう》な恰好に一瞬《いっしゅん》驚《おどろ》いた表情を見せたが、彼女の顔を見て柔《やわ》らかく表情を崩《くず》した。

「確か、扇奈ちゃんって言ったっけか」

「おじいちゃんのお葬式《そうしき》でお会いして以来ですね。ご無沙汰《ぶさた》しております」

扇奈も、普段《ふだん》の人間嫌いをおくびにも出さず、朗《ほが》らかに笑ってみせる。

老人は扇奈の顔をしげしげと眺めて、

「なんとなく、善一の奥さんの面影《おもかげ》があるなぁ」

「そう、なんですか？　私、おばあちゃんの顔は知らなくて」

「美人で有名だったよ、善一の奥さんは。あいつにはもったいないくらいにな」

と、老人の視線が扇奈から劉生に移る。

「で、そっちは？　善一の孫は娘一人だと思ってたんだが」

「こちらは私の旦那《だんな》で劉生と言います」

扇奈がさらりとごくごく自然に言った。

「…………」

「……劉生？」

無言で突っ立っていると、扇奈が不安そうな顔で見上げてきた。

「なんだよ」

素知らぬ顔で応じる。

「どうして何も言わないの？」

「なんとなく、お前がそういうしょうもないことを言いそうだなと予想できたからな。特に驚きはなかった。だから、リアクションを取る必要もないかな、と」

「寂《さび》しいじゃない！　スルーって一番きついんだよ⁉」

「だったら、スルーしないようなことを言えよ」

「ひどい！　ひどすぎる！　私みたいな可愛い女の子に『旦那』って言われてドキドキしないの⁉」

「扇奈は確かに可愛いが、扇奈だからなぁ」

「え、あ、うん、そのコメントは怒ればいいのか喜べばいいのかわからないから、困っちゃうんだけど」

可愛いと言われつつ貶《おとし》められて扇奈が混乱していると、わずかなやり取りで劉生と扇奈の関係性を理解した加賀正一郎が、ガッハッハと豪快《ごうかい》に笑った。

「なるほど、そういう関係かい。面白《おもしろ》いなぁ、あんたたち。クソ真面目だった善一の孫とは思えないな。――で、今日は一体何の用だい？年寄りに夫婦漫才《めおとまんざい》を見せて楽しませてくれるためってわけでもないだろう」

「実は、図々《ずうずう》しいお願いをしに来たんです」

と、扇奈ではなく、劉生が説明する。

扇奈の父親が旧伏見家を取り壊《こわ》そうとしたこと、それに反抗《はんこう》して二人で家を直そうとしていること、修理するのに材料が不足していること、桜ヶ丘の山でその材料を調達できたらと考えていること。

「ふぅむ、なるほどなぁ」

興味深げに聞いていた加賀老人が、ベッドの上で眉間に深いしわを刻みながら腕を組んだ。

「あの子があの家を嫌《きら》っているのは知っていたが、そんなことになっていたとはなぁ。あの家が取り壊されるのは、俺《おれ》も忍《しの》びないから、協力したいとは思うが」

「加賀さんもおじいちゃんの家が壊されるのは嫌なんですか？」

扇奈がちょっと意外そうに驚くと、加賀老人はにやりと笑い、

「あの家は、若い頃俺たちの溜《た》まり場《ば》だったんだ。酒を飲んだり麻雀《マージャン》打ったり、アコースティックギターを弾《ひ》いたりレコードを聴《き》いたり、そんなことを散々やったよ。大袈裟《おおげさ》に言えば、青春の思い出の場所だな」

「そう、なんですか」

「青春の思い出の場所がなくなるのは誰だって嫌なもんだ。だから、お前さんたちに協力するのはやぶさかじゃない。山で役に立つものがあるなら、なんでも好きに持っていってくれていい」

と、加賀老人は破格の許可をくれた。

喜んだ二人は、やった、と思わずハイタッチをする。

しかし、加賀老人はすぐさま冷や水を浴びせてきた。

「だが、うちの山の木を材木にするのはおそらく無理だ」

「え？」

ハイタッチのポーズのまま、扇奈が動きを止める。

「うちの山の木は、材木用に育てたものじゃない。強度が足りない。ベニヤ板の代わりくらいにはなるだろうが、どうやって板にする？　材木っていうのは木を切って終わりじゃない。製材しなくちゃいけない。大工道具を使ってできなくもないだろうが、お前さんたち、電気が使えないんだろう？　電動工具なしでやったら恐《おそ》ろしく時間がかかる。そんな手間と時間をかけてベニヤ板を作るくらいなら、俺だったら金払《はら》って買うだろうな」

「そんな……」

落胆する扇奈の傍らで、劉生は、だろうな、とこっそり思った。

そもそも、素人《しろうと》高校生二人で木を切り倒《たお》すなんて相当な難易度だ。おそらくできない。山で床《ゆか》や家具の材料を調達できるとは最初から思っていなかった。

しかし、そうだとしても、木というのは色々と利用価値がある。

「材木としては使えなくても、薪として使えるだけでもありがたいんです」

しかし老人はゆっくりと首を横に振り、

「薪ってのは、最低半年は乾燥《かんそう》させないとダメなもんだ。切り倒したばかりの生木を燃やそうとしたら、なかなか火がつかない、爆《は》ぜる、煤《すす》が大量に出ると、使えたもんじゃないぞ」

「え」

今度は劉生が固まる番だった。

揃って言葉を失った高校生を見て、加賀老人は険しい顔になった。

「お前さんたち、全然勉強不足だな」

老人の言う通りだ。劉生も扇奈も家の修理や木について、あまりに知識不足だ。まったくもって恥《は》ずかしい。思わず顔を伏《ふ》せてしまった。帰りたくもなった。

だが、隣《となり》に立つ扇奈は、顔を伏せもしなかったし、帰ろうともしなかった。まっすぐ加賀老人を見据《みす》え、はっきりとした口調で言う。

「確かに私たちは素人で不勉強です。今月やり始めたばかりなんだから、それは当然だと思います。だから、これから勉強します」

彼女《かのじょ》の横顔を見て、驚《おどろ》く。こんなことを言うほどの決意があるとは思っていなかった。元々、旧伏見家を居場所にしようと思いついたのは劉生で、扇奈はそれに付き合っている部分が大きい。

しかし、今の彼女から、友達の思い付きに付き合っている、という感じは一切《いっさい》見受けられない。真剣《しんけん》で、本気な気持ちが、そこにある。扇奈なりに、あの家の修理に真摯《しんし》に向き合っているのだ。

扇奈に負けたくない。

劉生も頭を下げつつ、自分の気持ちを加賀老人にぶつける。

「俺も、勉強します。加賀さんの山からいただいたものは、きちんと有効活用できるように頑張《がんば》ります。俺は、あの家を単に遊び場として使うだけのつもりはありません。将来的には、あそこに住みたいと考えているんです」

「住む？　あのボロ家に、お前さんみたいな若いのがか？　冗談《じょうだん》だろう」

「本気です」

「…………」

突飛《とっぴ》なことを真剣に言う劉生の顔を、加賀老人はぽかんと信じられないものを見るように眺《なが》める。

そして、ワッハッハと笑い出した。

「面白いことを言うガキだな！　いや、面白い面白い。いいぞ、俺はそういう無茶苦茶《むちゃくちゃ》言って実際にしようとする奴《やつ》は嫌いじゃない」

ひとしきり笑った加賀老人は、

「扇奈ちゃんが言った言葉は正論だ。不勉強なのを気に病《や》むことはない。年寄りの特権は知識と経験があること、若者の特権は知識と経験を得るチャンスがあることだ。知らないなら、これから勉強すればいい。その気概《きがい》さえあれば十分だ。上等上等」

険しい雰囲気は完全に消え失《う》せ、好々爺《こうこうや》そのものといった柔らかい笑顔《えがお》を見せてくれた。

「あの家を直すためにうちの山が活用できるっていうなら大いに使え」

「ホントですか？」

劉生と扇奈の顔がパッと輝《かがや》く。

「うちの山に全く利用価値がないわけじゃない。今のうちに薪を準備しておけば秋には使えるようになるだろうし、さっき言った通り手間さえかければベニヤ板の代わりくらいにはなるだろう。倒木《とうぼく》とか落ちた枝なんかは生木よりは燃料に使いやすいはずだ。それに、うちの山にあるのは木だけじゃない。竹もある」

「竹、ですか」

「木より切るのが楽だし、扱《あつか》いも容易だ。なかなか使い勝手があるぞ」

「なるほど、竹か……」

今まで考えていなかった材料だ。しかし、竹は、ある意味劉生の原点の材料ともいえる。竹が手に入るのなら、是非《ぜひ》とも使わせてもらいたい。

「ねえねえ劉生、早速行こうよ！　枝とかたくさん集めて料理に使いたい！」

加賀老人から入山許可をもらった扇奈は気が逸《はや》って、劉生の制服の袖《そで》を引っ張って山に向かおうとする。

それを、加賀老人が手で制した。

「待て待て。焦《あせ》るんじゃない。いくらなんでも、知識も経験もゼロの子供たちだけで山に入るなんて無謀《むぼう》すぎる。第一、山のどの辺に竹があるのかも知らないだろう。本当なら、俺が案内してやるところなんだが」

「え……でも……」

扇奈が介護ベッドを見つつ顔を曇らせると、老人は布団《ふとん》の上から自分の足をバシバシと叩き、苦笑いを浮《う》かべた。

「うっかり山で怪我《けが》しちまってな。いや、俺も年取ったということだ。残念だが、医者には半年は養生しろと言われている」

「半年、ですか」

思わず、扇奈と顔を見合わせてしまう。半年も待たされるのは、なかなかきつい。

「まあ、そんな顔をするな。おーい椋子《りょうこ》！　ちょっと来てくれないか！」

老人が廊下に向かって呼びかけると、先ほど応対してくれたザ・部屋着の暗そうな少女がおそるおそる部屋に入ってきた。

「おじいちゃん、なに……？」

「お二人さん、この子は俺の孫の椋子だ。椋子、俺の友達の孫の伏見扇奈ちゃんと、その旦那になる予定の劉生君だ」

「どうも……」

突然呼ばれて客を紹介《しょうかい》された加賀椋子は、小動物のように怯《おび》えた態度で挨拶《あいさつ》をしてきた。

慌《あわ》てて、劉生と扇奈も頭を下げる。

「椋子はな、俺と一緒に小さい頃から山に入っているから俺の弟子《でし》と言ってもいい。椋子、この子たちを山に案内してやってくれないか。とりあえず、竹林に連れて行ってくれ。そして、竹の切り方とか教えてやってやってほしい」

「お、おじいちゃん……!?」

祖父の突然の命令に孫娘が黒髪の奥の目を大きく見開く。

「で、でも、おじいちゃん、ワタシは……」

「いいからいいから。お母さんの方には俺の方からきちんと言っておく。俺の親友の孫の頼《たの》みだ。これを断るなんて不義理は、さすがにできないだろう。気晴らしに行ってきなさい」

「……う、うん……」

祖父に優《やさ》しくなだめられ、年上と思しき少女は無言でぎこちなく頷《うなず》いた。

祖父と孫の間でしかわからない何かがあるようだ。気にならないといえば嘘《うそ》になるが、いきなりやってきただけの劉生と扇奈が首を突っ込むことではない。

「ええと、加賀さん、お忙しいところ恐縮《きようしゆく》ですが、よろしくお願いします」

「お願いします」

劉生と扇奈は揃《そろ》って頭を下げた。

「あ……はい。こちらこそ……」

オドオドして、劉生たちと目を合わせようとしないが、椋子は一応頭を下げた。

「山に行く日はどうしましょうか？　加賀さんのご都合に合わせますけれど」

「ワタシは別に――」

と言いかけて、

「――じゃあ、今度の土曜日で」

「土曜日ですね。わかりました」

スマホでカレンダーアプリを起動しながら扇奈が頷く。

それから、待ち合わせ場所や時間、恰好や持っていくべき物などを打ち合わせて、お暇《いとま》しようとした。

そんな二人を、加賀老人は思い出したように呼び止めた。

「ああ、そうだ。山を自由にしていい代わりに、一つ頼まれちゃくれないか？」

「なんでしょうか？」

山を使わせてくれるなら、頼みの一つや二つ、喜んで請《う》け負う。

「タケノコの駆除《くじょ》をしてほしい」

「……タケノコ？」

「駆除？」

またもや劉生と扇奈は、顔を見合わせたのだった。


次の土曜日、劉生と扇奈は朝から旧伏見家に向かい、色々と準備してから加賀家の前で加賀椋子と合流した。

「おはようございます。今日はよろしくお願いします」

相変わらず外交モードの扇奈が、丁寧《ていねい》に椋子に挨拶をした。

「あ……おはようございます。こちらこそ、よろしく」

やや戸惑《とまど》い気味に、椋子も頭を下げた。

そんな彼女の恰好は、驚くほどしっかりしたものだった。足首までカッチリ守るトレッキングシューズを履《は》き、たっぷり物が入れられそうな赤いリュックを背負い、生地《きじ》がぶ厚そうな長ズボンの上には鮮《あざ》やかなオレンジ色のジャケットを羽織っている。近所の山に行くなんてレベルではなく、本格的な登山をする山ガールみたいだ。

ボサボサで顔半分を隠していた黒髪は、後ろできっちりまとめてポニーテールにしており、先日加賀家で会った時とはほとんど別人だった。

この前会った時は根暗な引きこもりにしか見えなかったが、今はものすごく大人びて見えて、アウトドアが趣味の女子大生かＯＬのように思えた。

「……なんか、俺たちこんな恰好でいいのかってちょっと不安になるな」

「でも、これでいいって言われたじゃない」

それに対して、二人の恰好は彼女と比べられると恥ずかしくなるようなものだった。劉生は下は中学時代のジャージに上はロングＴシャツ、扇奈は上下ともに中学時代のジャージという、近所の清掃《せいそう》ボランティアに行くレベルの恰好だ。身動きしやすくできるだけ肌《はだ》を露出《ろしゅつ》させない服装、と言われて、こんな恰好しか思いつかなかった。

これから頻繁《ひんぱん》に山に行くなら、山用の服を準備した方がいいかもしれない。

奏に頼んだら安く作ってくれないかな、などと考えつつ、

「ええと、忙しい中、俺たちに付き合ってくれてありがとうございます。今日はよろしくお願いします」

と、劉生も遅れて丁寧に頭を下げた。

「ええ、よろしく。伏見さん、でしたっけ。ものすごくやる気ね。そんなに木が欲《ほ》しいのかしら」

準備運動のつもりか、腕をブンブン振り回している扇奈を見ながらそんなことを言う椋子は服装だけでなく、雰囲気《ふんいき》も家とはまるで違った。なんというか、生き生きしている。先日会った時のオドオドした雰囲気は一切なく、やる気と自信に満ち満ちているように見える。

「いえ、今日のメインターゲットはタケノコです」

そう返事する扇奈も、いつものように人間嫌いを発動させていなかった。相手が祖父の友達の孫だからか、あるいは年上だからか、はたまた、今日の目的のせいでテンションが上がっているからか。

「あなたたち、タケノコなんかがほしいんだ」

椋子が意外そうに目を丸くした。

「そりゃ、タダでもらえるならほしいですよ」

そう、今日山に入る目的は、材木や燃料を得ることから、タケノコを採ることにすっかりすり替《か》わっていた。

加賀老人が別れ際に口にした頼みが原因である。

タケノコは、一般人《いっぱんじん》にとってはとても美味《おい》しい食材だ。それ以上でもそれ以下でもない。だが、竹林を持っている人間にとっては厄介《やっかい》な代物《しろもの》、という認識《にんしき》になるらしい。当たり前の話だが、タケノコは成長すれば竹になる。これが一本二本なら問題ないが、竹林でそんな本数で済むはずがない。何十本、年によっては三桁《けた》に及《およ》ぶ本数が生えてくる。それが全て竹になってしまえば、あっという間に竹林が竹藪《たけやぶ》になってしまう。

桜ヶ丘の山にも竹は生えている。今までは加賀老人が山に入って竹を間引いていたのだが、今年は怪我でそれができない。なので、代わりに劉生たちにタケノコの段階で駆除してもらおうと頼んだのだ。

話を聞くと、なるほど、山を持っている人にはタケノコはものすごい邪魔者《じゃまもの》だ。

だが、劉生や扇奈たちにとっては美味しい食材である。

「劉生劉生！　お腹一杯《なかいっぱい》タケノコ料理作ってあげるから楽しみにしておいてね！」

新鮮《しんせん》な国産タケノコが採れると聞いたら、料理担当の扇奈が張り切らないはずがない。

「おう、楽しみにしている」

劉生とてタケノコくらい食べたことはある。だが、冷凍物《れいとうもの》や海外産ばかりで、掘《ほ》り立ての国産は口にしたことがない。楽しみにするなというのは無理な話である。

「なるほど、そういうこと」

二人のやり取りを聞いて得心した椋子が一つ頷き、

「なら、今日はタケノコが生えていそうな竹林を目指せばいいのね」

「そうですね。その途中《とちゅう》とか帰りに、落ちている木の枝とか拾わせてもらいますけど」

「ん、了解《りょうかい》。でも、出発する前にいくつか注意点ね」

そう言って、椋子は注意事項《じこう》を丁寧に説明してくれた。

知らない虫や草には触《さわ》らない、一人で勝手に進まない、枯《か》れ葉《は》が積もって滑《すべ》りやすくなっているところがあるから足元には十分に注意すること、焦って歩こうとしない、などなど。

どれもこれも安全に関することなので、劉生も扇奈も素直《すなお》に耳を傾《かたむ》け、素直に頷いた。

「じゃあ、行きましょう」

椋子に促《うなが》され、いい加減慣れ始めた坂道を上っていく。いつもなら中腹にある旧伏見家を目指すのだが、今日はボロ家を通り過ぎ、さらに上を目指していく。

「それにしても、タケノコってとっくにシーズン終わってるんじゃないのか？」

劉生は子供の頃から母親のお使いでちょくちょくスーパーに行っているので、野菜の旬《しゅん》は把握《はあく》していた。

劉生以上にスーパーに通っている扇奈が答える。

「例年ならね。でも今年は春が遅《おそ》かったから、まだタケノコ採れるみたいだよ。ほら、ちょっと前まで寒くて私も劉生もセーター着てたじゃない」

「そういえば、お前にセーターを追い剥《は》ぎされたな。あれはマジで恥ずかしかった……」

その時のことを思い出すと、今でも赤面してしまう。

「あれは素直にくれない劉生が悪いんじゃない」

「お前こそ、俺の服を強奪《ごうだつ》する悪癖《あくへき》なんとかしろよ。そのジャージの上だって俺のだろうが。おかげで俺はロンＴ一枚なんだが」

山の中は冷えることがあるので、長袖《ながそで》のＴシャツ一枚では心もとない。

「だあって、私のジャージきつくて入らないんだもん。あ！　太ったってことじゃないからね！　胸が育ったってことだから！」

「わざわざ言わんでいい。それくらいわかってる」

「え？　わかってるの？　劉生ってば、私のおっぱいの成長をしっかり見ていたの？　うわー、やらしー、ムッツリー」

「誰《だれ》がムッツリだこのヤロウ！」

劉生と扇奈がギャイギャイと実にくだらない言い合いをしていると、それを見ていた椋子がフフフと笑った。

「あなたたち、面白いのね。漫才《まんざい》コンビでも組んだらどう？」

祖父と同じようなことを言い出す。

「少なくとも、俺はそういうつもりはないんですが」

劉生が憮然《ぶぜん》とした表情で否定するが、彼女の笑顔は変わらなかった。

「男女で、おっぱいがどうのこうのなんて自然に言い合える関係ってなかなかないと思うわよ。そういう話題でも気兼《きが》ねなく言い合える関係って素敵《すてき》だわ」

「こいつは遠慮《えんりょ》なく言いすぎですけどね」

「だとしてもよ。大事にしなさいね。……本当に、うらやましいわ」

椋子がさみしそうに遠くを見つめながらポツリと呟《つぶや》くと、扇奈が嬉《うれ》しそうに劉生の肩をバシバシ叩き出した。

「聞いた劉生⁉　私のこともっと大事にした方がいいって！　もっとチヤホヤして甘《あま》やかして！」

「断固断る」

「えー」

また始まった二人のやり取りを見て、椋子はまた笑った。

「あなたたちがいるだけで、この町が生き返ったみたいになるわね。おじいちゃんが、あなたたちに協力したくなった気持ちがちょっとわかったわ」

「そんなに大したものじゃないと思うんですが」

劉生が扇奈の顔面を押《お》さえつけながら否定したが、椋子は年寄り臭《くさ》いんだけどと前置きしつつ、

「ワタシもここからどんどん人がいなくなっていくのを見てきたから、そう思っちゃうのよ。——あ、あそこから登山道になるわ。おしゃべりは構わないけど、足元を少し気を付けて」

ギャアギャア騒《さわ》いでいるうちに、住宅街の端《はし》にまで来てしまった。アスファルトで覆《おお》われた道路もプツンと切れてしまっている。そこから先は鬱蒼《うっそう》と木が生《お》い茂《しげ》り、デコボコな山道が奥へ続いている。

「ここから先が、加賀さんのおうちの土地になるんですか」

道路と登山道の境界には『この先私有地』と書かれた札がぶら下がったロープがピンと張られている。椋子がひょいとそれをまたいだので、劉生と扇奈もそれに倣《なら》う。

「そうよ、ここから上全部がうちの土地」

別に誇《ほこ》るでもなく自慢《じまん》するでもなく、なんでもないことのように言った。

「こんなに土地が……うらやましい」

生まれてずっと安アパートに住み続けている劉生には、『自分の土地』という響《ひび》きはなんとも憧《あこが》れがある。

「そんなにいいものでもないわよ。資産価値なんてほとんどないし、手入れもしなくちゃいけないし」

「手入れ、ですか」

「木とか草とか好き放題にして、その結果害虫や害獣《がいじゅう》が集まったら大変でしょ。去年まではおじいちゃんがその手入れをやってたんだけど、怪我しちゃって、今年はどうしようって困ってたの」

旧伏見家に対して扇奈の父親が懸念《けねん》していた空き家問題とよく似た問題を、この山も抱《かか》えているらしい。

「だから、あなたたちが竹とかタケノコとか採ってくれるのは、うちとしては大歓迎《だいかんげい》なの」

加賀老人が劉生たちに入山を許可してくれたのは、親友の孫と家のためというだけでなく、そういう事情もあったのか。

枯れ葉がぶ厚く積もっていて、ひどく歩きにくい山道を十五分ほど歩いただろうか、

「そのへんよ、竹林」

と、椋子が前方を指さした。

竹林、と言われてパッと想像するのは、『かぐや姫《ひめ》』の絵本で見たような竹林だ。だが、彼女が指さした先にあるのは、それよりももっと鬱蒼としていてゴチャゴチャしていた。

竹林が竹藪にならないように、とのことだったが、劉生の正直な感想は、すでに竹藪になっているじゃないか、だった。

鬱蒼としていて、竹が絡《から》み合うように視界を遮《さえぎ》りまるで竹製の檻《おり》の中に閉《と》じ込《こ》められたようだ。上を見ても、竹の枝が大きく広がり空を隠《かく》そうとしている。足元は厚く積もった笹《ささ》の葉のせいで歩くたびにカサリカサリと音がする。

「さて、二人はタケノコ掘りって経験ある？」

竹林の中央で足を止めた椋子が振《ふ》り返り、二人に尋《たず》ねた。

劉生と扇奈は揃ってブンブンと首を横に振る。

「じゃあ、一回ワタシがやるのを見てて」

リュックを下ろし、持ってきた鍬《くわ》を両手で構える。

「まずはどこにタケノコがあるか探すところからね。ええと、その辺に頭を出しているタケノコがあるでしょう」

と、周辺にニョキニョキと生えているタケノコを指さす。もう薄皮《うすかわ》が剥がれて竹になりつつあるものもあるし、いかにもタケノコといった感じにちょこんと頭を出したばかりのものもある。

「あれも後々竹になっちゃうから、余裕《よゆう》があったら採るだけ採っておいてほしいんだけど、あれはもう食べられないわ」

「そこにあるやつもですか」

劉生は、ちょこんと先っぽを出したばかりのタケノコを指さして聞いた。見た感じ、まだまだ子供のタケノコという印象を受けてしまう。

しかし椋子は、

「うん、無理」

と断言した。

「基本的に今見えているのは手遅《ておく》れと考えて。食べられるくらい柔らかいのは、まだ地面の中に埋《う》まっているやつなの」

「絵本とかだと、ああいうタケノコをおじいさんとかが採っているイメージだけど、あれは大嘘《おおうそ》か」

「それは品種にもよるから、一概《いちがい》に間違《まちが》いとは言えないわ。真竹《まだけ》とかはある程度頭が出ていても大丈夫《だいじょうぶ》だそうよ。でもうちの山に生えているのは孟宗竹《もうそうちく》って品種」

「なんか聞いたことあるかも。孟宗竹って」

扇奈が呟くと、年上の少女は一つ頷き、インストラクターみたいな口調で続ける。

「一般的《いっぱんてき》な竹の品種よ。で、孟宗竹のタケノコを見つける一番オーソドックスな方法は、地下足袋《じかたび》を履いて足の裏の感触《かんしょく》で見つけること」

「地下足袋って、大工さんとか祭りの時に法被《はっぴ》着たオッチャンが履いているやつですか」

「そう、それ。言ってしまえば、布でできた靴《くつ》だからね。靴底が薄《うす》くて足の裏の感触がわかりやすいの。でも――」

と、椋子が手にした鍬で適当にその辺を掘った。厚く積み重なった笹がガサガサとどかされ、地表が露《あら》わになる。

「……石が多いな」

勝手にフカフカの土が出てくると思っていたが、そんなことはなかった。黒っぽい石がゴロゴロしている。

「そう、この辺、竹林のくせに石が結構あるの。初心者はタケノコと石の感触の判別はつきにくいだろうし、何より尖《とが》った石でも踏《ふ》んだら危ないからね。地下足袋はやめた方がいいと思う」

「じゃあ、どうしたらいいんですか？」

一朝一夕《いっちょういっせき》では習得できないスキルが必要、とか言われたら困ってしまう。

「やることは変わらないわ。地下足袋じゃなくて、靴で地面の感触を探《さぐ》る。多分、これが一番安全かつ確実。石もあるし、精度はどうしても落ちるけどね」

それでも、怪我をするよりはマシ、か。

「わかるかなぁ？」

ちょっと不安そうに扇奈が足元をポンポンと踏んでみる。

「ここらへんにタケノコがあるのは確実よ」

と、椋子は数歩離《はな》れた箇所《かしょ》にためらいなく鍬を差し込んだ。枯れた笹を取り除き、土を掘り進めると、きれいな円錐形《えんすいけい》のタケノコが姿を現した。

「ほら、あるでしょ」

「あ、ホントだ！　太くていいタケノコ！」

扇奈が嬉しそうに言いながら、穴の中を覗《のぞ》き込む。

「タケノコを傷つけないように周囲からしっかり掘ってね。そして、薄皮が覆っていない白い根本部分が見えたら、そこに鍬を思い切り叩《たた》き込む」

言葉通り、椋子が鍬の刃《やいば》を入れると、タケノコは穴の中でコロンと転がった。

「で、後は拾って新聞紙にくるんで持って帰る」

はい、とタケノコを手渡《てわた》してくれた。やや小ぶりなのだが、思った以上に重い。中身が詰《つ》まっているということだろう。切断面からは滴《しずく》がしたたり落ちそうなほど瑞々《みずみず》しい。

初めて触る掘りたてのタケノコに感動する。

が、あることが引っかかった。

「ちょっと待ってください。今、加賀さんはその辺踏んでないですよね？ どうやってそこにタケノコがあるって気づいたんですか？」

手品でも使ったのかと疑いたくなったが、椋子はなんでもないように、

「ワタシは見ただけでわかるのよ。土の中で成長するから、土がほんの少し盛り上がるの。あそことあそこと、そこにもあるわよ」

「マジですか」

試《ため》しに彼女が指さした箇所の一つを掘ってみる。果たして、ものの見事にタケノコが姿を現した。

「笹の葉がこんだけ積もっているのによくわかりますね」

「小さな頃から毎年おじいちゃんとタケノコ掘りやってるから。今年はできなくて残念だと思ってたんだけど」

椋子は一瞬《いっしゅん》、悲しそうに顔を曇《くも》らせた。が、すぐに気を取り直し、

「最後に、危ないから掘った穴はきちんと埋め直して終わり。どう？ できそうかしら」

「それは、はい」

タケノコを見つけるのはかなり大変そうだが、タケノコを掘り出すことそのものは難し

い作業ではない。二人にもできるだろう。

「なら、この辺でタケノコ掘りやってね。木なんかは帰り道に適当に拾えばいいでしょ。タケノコ掘りが終わっても、ここから動かないでね。迎《むか》えに来るから」

「加賀さんはタケノコ掘りしないんですか？」

「するわよ。でも、もっと上の方でやるつもり。邪魔《じゃま》なタケノコが生えるのはここだけじゃないから。じゃあ、そういうことで」

それだけ言うと、鍬を担《かつ》いだ椋子は、短距離《たんきょり》走のランナーみたいな爆発的《ばくはつてき》スピードで竹と竹の隙間を駆《か》け上っていった。

ハラリハラリと舞《ま》い落ちる枯れ葉だけを残し、あっという間に見えなくなってしまう。

「……猿《さる》みたい」

彼女が消えていった竹林の向こうを見つめながら、ポカンと呆気《あっけ》に取られた扇奈が呟いた。

「せめて忍者《にんじゃ》みたいとか言えよ。失礼だろ」

実は劉生も猿みたいと思ったのは、内緒《ないしょ》である。

椋子が去った後、二人は早速《さっそく》彼女《かのじょ》に教えられた通り、タケノコ掘りを開始した。

手順はしっかり教えてもらったのだし、できるだろうと考えていた。

だが、この考えは少々甘かった。

やはりどこにタケノコがあるのかわからないのだ。彼女はいともたやすく見つけていたが、茶色い枯れた笹の葉が積もった斜面《しゃめん》のどこにタケノコが潜《ひそ》んでいるのか、初心者の劉生たちには全くわからない。

「足の裏でわかるかぁ？」

「ちょっと盛り上がっているから、よく見たらわかるとも言ってたよね」

「できる予感が全くしないんだが」

念のため、スマホで他のタケノコの探し方を検索《けんさく》してみたが、椋子が言った通りオーソドックスな方法はその二つらしい。

「地道な作業をするしかないみたいだな」

仕方なく、足の裏に神経を集中させつつ、ゆっくり歩き、斜面を穴が開くほど凝視《ぎょうし》する。

だが、タケノコの感触なんてわからない。時折固い感触を発見して、これかと掘ってみても出てくるのは石ばかりだった。目で探しても土の盛り上がりなんてさっぱりわからない。

一時間近くタケノコを探し続けても、椋子が指し示したタケノコ数本しか掘れていなかった。

「くっそ、なんかスゲー悔《くや》しい」

椋子の言葉通りなら、周囲の地面には何本ものタケノコが眠《ねむ》っているはずなのだ。なのに、それを探し当てられないなんてすごく悔しい。

いっそのことこの辺の周囲一帯全部掘り返してやろうか、とごり押しなことを半ば本気で考え始めた時だった。

「あった！　劉生、ここにあるよ！」

斜面を行ったり来たりしていた扇奈が歓声《かんせい》を上げた。

「ここ、ここここ！」

ここ掘れワンワンと騒ぐ扇奈が指し示す場所に鍬を入れてみると、タケノコがほんの一センチ顔を覗かせた。自力発見第一号だ。

「よくこんなの見つけたな。マジですごいぞ」

嬉しくて思わず頭をクシャクシャと撫《な》でてやると、扇奈は子犬みたいに嬉しそうに目を細めた。

「えへへー。目をつぶって、足の裏に神経を全集中させて一歩一歩歩いたの。ほら、五感の一つを使わないようにしたら、他の感覚が研《と》ぎ澄《す》まされるってよく漫画《まんが》であるじゃない。あれをやってみたんだ」

「漫画の雑学スゲー」

教科書より漫画の方がよほど生活の役に立つと思うのは、劉生の過大評価だろうか。

「ほらいいからとにかく、私が発見したタケノコ掘ってよ」

「おう、そうだな」

急《せ》かされて、タケノコにとどめの一撃《いちげき》を加える。

思っていたよりもしっかりとした強い衝撃《しょうげき》を伝えつつ、タケノコは穴の中でコテンと転がった。

「おおー」

すかさず扇奈が拾い上げ、感嘆《かんたん》の声を漏《も》らした。

「ずっしり重たい！　これもなかなか美味しそうだよ。ここのタケノコ、全部よさそうだよ！　何にしようかなー。何の料理にしても美味しそうだなー」

さっそくレシピを考え始める。

「よし、この辺にあるタケノコ掘りつくしてやろうぜ！」

「うん！」

タケノコを一本ゲットしたことで気をよくした二人は、昼食を取るのも忘れてタケノコ掘りに明け暮れた。

「目をつむって歩くって危なくないか？」

「大丈夫《だいじょうぶ》大丈夫。目をつむって歩いて、確認《かくにん》して、また歩いて、ってしているから」

「扇奈が言うと、丁寧な前フリにしか聞こえないんだがな」

「平気だってば」

不器用な扇奈が目をつむってこんな斜面を歩くなんて、危なっかしいことこの上ない。

しかし、扇奈はこの方法が一番見つけられると、やめようとしなかった。

そして実際、これが一番効果的だった。劉生も扇奈と同じ要領で探そうとしたのだが、なぜかうまくできないのだ。目をつむろうが耳栓《みみせん》をしようが、足の裏の神経が鋭敏《えいびん》になることは一切なかった。

「器用な俺《おれ》ができなくて、なんで不器用なお前ができるんだろうな。普通《ふつう》逆じゃないか？」

「そんなこと言われても、できるんだからしょうがないでしょ」

「扇奈の方が敏感《びんかん》なのかな？」

「え、それってセクハラ的な発言？」

「ちげーよ！　なんで敏感って言っただけでセクハラになるんだよ！」

結局、タケノコ探しは扇奈に任せ、劉生はタケノコ掘りに専念するという役割分担ができてしまった。

効率的ではあった。劉生がせっせと掘っている間に、扇奈が次のタケノコを探してくれるのだから、時間のロスは少ない。最初はどうなることかと思ったが、昼食として持ってきたおにぎりを食べるのも忘れて掘り続けると、劉生と扇奈がそれぞれ持ってきたリュックは太くて立派なタケノコでパンパンになっていた。

「なあ、そろそろいいんじゃないか？」

「まだ掘る！」

「また今度にすればいいだろ」

「それじゃダメだよ」

鍬を杖《つえ》代わりにしつつ、額に浮かんだ汗《あせ》をぬぐいながら言ったが、斜面をソロソロと歩く扇奈はブンブンと激しく首を横に振った。

「今年はシーズンが遅かったとはいえ、さすがに限界。今日掘らないと、多分もう今年はタケノコ採れない」

「いや、もう十分だろ」

正確な本数は数えていないが、十本は軽く超《こ》える本数のタケノコを収穫《しゅうかく》している。これだけあれば、かなりのタケノコ料理を堪能《たんのう》できるはずだ。

しかし扇奈は目をつむったまま、また首を振り、

「劉生、美味しいタケノコを食べたことないんでしょ？　だったら、この機会にこれでもかってくらいたくさんのタケノコ料理を作って食べさせてあげたいの」

……俺のためかよ。

そう言われると、無下《むげ》には断れない。

「わかったよ。じゃあ、もう数本な。それでお互《たが》いのリュックが限界になっちゃうだろうから」

「うん！」

扇奈は元気に頷き、タケノコ探しを再開した。

タケノコが発見されるまでの間、劉生は手持無沙汰《てもちぶさた》になってしまう。

今のうちに、中途半端《ちゅうとはんぱ》に成長して邪魔なだけのタケノコを駆除しておこうか。こちらはすでに地表から姿を現しているから探すまでもない。

食べるわけでもなく、駆除するのが目的だから、とにかく鍬で折っていけばいい。細いのは鍬を使うのも面倒《めんどう》なので、蹴《け》ってボキリボキリと折っていく。

「にしても、これを山全体でやっていたのか、あのじいさんは」

タケノコを折りながら、介護《かいご》ベッドの上にいた気のいい老人を思い返す。

ここにあるタケノコが全て竹になったら、とんでもなく鬱蒼とした竹藪になってしまうだろう。里山の維持《いじ》管理が大変、というのは、小学校時代に社会科の教科書で読んだ気がする。地方とはいえ都市部に住んでいる劉生にはいまいち理解できなかったが、実際にやってみると相当な労力が必要なのは、身に染《し》みて理解できた。

加賀老人の怪我の具合はわからないが、年齢《ねんれい》を考えると、あの老人一人でこの山の管理をし続けるのは難しいのではないだろうか。となると、どうするのだろうか。扇奈の父親が旧伏見家を処分しようとしたようにこの山も売却《ばいきゃく》されるのだろうか。それとも、山に入ってから、いやに生き生きとし始めた孫娘が管理し続けるのだろうか。

劉生は、まったく赤の他人のくせに、この山の行く末をあれこれ考え続けながら、タケノコ折りを続けた。

そのせいで、扇奈の方への注意が疎《おろそ》かになってしまった。

「キャアッ！」

そんな悲鳴が聞こえて振り向くと、扇奈が派手に転んで茶色い笹の葉の中でバタバタとみっともなくもがいていた。

積もった枯れ葉に足を滑らせてしまったらしい。

「やっぱり前フリは回収されたな」

「そういうこと言わないの！　好きで回収したんじゃないんだから！」

笹の葉に半分埋もれてしまっている扇奈がブスリと拗《す》ねる。

金色の髪《かみ》に絡みついた笹の葉を取ってやりながら、

「扇奈にしてはかなり頑張《がんば》って転ばなかったよな。もう十分だろ？　危ないし、そろそろ終わろうぜ」

「せめてあと二本！」

彼女《かのじょ》のタケノコ掘りの情熱はまだ燃焼《ねんしょう》しきっていないらしい。

こういう時の扇奈は、自分が納得《なっとく》するまで引き下がらない。長い付き合いだ。それは十二分に理解している。

かと言って、これ以上転ばれても困る。

「じゃあ、ほら」

劉生はため息を一つつくと、手を差し出した。

立ち上がるための助けと思い扇奈はその手を握《にぎ》ったが、劉生は彼女が立ち上がっても離そうとしなかった。

「あの、劉生？」

「危ないから、これ以上転ばないように手をつないでおいてやる」

こうすれば、また扇奈が転びそうになっても支えることができる。

「え？　あの、えと……」

「嫌《いや》って言うなら、もうタケノコ掘りは終わりだ」

また転んで、隠れている石に頭をぶつけられたら大変だ。

「う、うん、じゃあ……」

扇奈がややためらいがちに手をつないできた。

そして、タケノコ探しが再開される。

扇奈の集中の邪魔をしないように、転ばせないように、慎重《しんちょう》に歩く。

そのせいで、妙《みょう》な沈黙《ちんもく》が二人の間に広がった。

「………」

……扇奈の手、思った以上にきれいだな。

つい、そんなことを思ってしまう。

一年前、料理を始めたばかりの頃《ころ》の彼女の手は見ているこちらが痛くなってしまいそうなほどひどかった。切り傷と火傷《やけど》の痕《あと》、絆創膏《ばんそうこう》だらけで、もうやめた方がいいんじゃないか？　と何度も言ったのを覚えている。しかし今は絆創膏はおろか、傷も火傷もない。すごくきれいでスベスベだ。もう包丁で切ったり火で火傷したりなんてしないほど料理の腕《うで》が上達したということだ。そう考えると、この滑《なめ》らかな手の感触も感慨深《かんがいぶか》くなる。

扇奈もすごく頑張っているもんな。

「………？　扇奈、どうかしたか？」

父親か兄のような気持ちで、扇奈の成長に思いを馳《は》せていたが、扇奈が全然タケノコを発見できなくなっていることに気づいた。

「もうこの辺のタケノコ、採り尽《つ》くしちゃったんだろうか」

そんなことを言いながら振り向くと、扇奈は目をつむっていなかった。代わりに、頬《ほお》を赤らめて、つないでいる自分と劉生の手をジッと見つめていた。

「あ、あのね、劉生の手の方に気がいっちゃって、全然足の方に集中できなくなっちゃった……」

ポソリと、恥《は》ずかしそうに言う。

「お、お前、そういうことダイレクトに口にするなよ……」

言われて、自分たちが何をやっているのか気づいてしまう。

他に誰もいない二人きりの山の中で、手をつないでいるのだ、自分たちは。

意識した途端《とたん》、体温が急上昇《きゅうじょうしょう》するのを自覚する。

……これ、結構すごいことしてないか？

扇奈とは、長い付き合いだ。

他の友達から付き合っていると言われまくるくらい、四六時中一緒《いっしょ》にいる。過剰《かじょう》なスキンシップも嫌になるくらいされてきた。抱《だ》き付いてきたり、おんぶさせられて胸の感触をこれでもかと味わわされたり。

だが、手をつなぐなんて今まで一度もなかった。

友達同士で手を握るなんておかしなことだから一度もないのは当然だが、ベタベタくっつこうとしてくる扇奈の性格を考えると、少し意外だ。

「劉生の手、大きくてあったかいんだね」

またポツリと、幸せそうに扇奈が言う。

だから、そういうことを口にするなよ……。

からかっているつもりなのか、それとも単に感想を言っただけなのかはわからない。だが、そういうことを言われると、変な勘違《かんちが》いをしてしまいそうになる。

そして、その勘違いは、多分二人のためにはよくない。

これ、どうするのが正解なんだろうか？

気を抜《ぬ》くと、全ての神経を扇奈の手の感触に奪《うば》われてしまいそうになりながら、懸命《けんめい》に考える。

そういうことを言うならやめだ！　とか言って、手を振りほどくのが最適解だろう。普《ふ》段《だん》の劉生なら間違いなくそうしている。だが、今はその解決法を選べない。そうしたら、扇奈が悲しむだろうと確信に近い予感があるのだ。彼女を悲しませるような真似《まね》はしたくない。

かと言って、このまま手をつなぎ続けたら、よくないことが起きてしまいそうな予感もある。そのよくないことが一体何なのか、自分でもわからない。でも、きっと何かが起きてしまう。

手をつなぎ続けるのが正解か、それとも振りほどくのが正解か。

どちらも正解であり、不正解だ。

グルグルと、扇奈の手のことしか考えられなくなってしまう。

そのせいで、ここが笹の葉がたくさん積もった斜面で、自分がそこを歩いていることさえ忘れてしまった。

――ズルリ。

景色が突然、急スピードで上へ流れる。

「あ」

足を滑らせてから思い出したってもう遅い。

ろくな抵抗《ていこう》もできずにあっさりと仰向《あおむ》けに倒《たお》れてしまった。

扇奈の手を、ギュッと握ったまま。

「イッテェ……!」

腰《こし》をしたたかに打った痛みをこらえつつ顔を上げると、目の前に扇奈の整った顔があった。金色の髪、ぱっちりと大きな瞳《ひとみ》、きれいに整えられた眉《まゆ》、可愛《かわい》らしい鼻、薄いピンク色の小さな唇《くちびる》。

滑って転んだ劉生に付き合わされる形になり、扇奈も倒れ込んでいた。劉生の上に扇奈がのしかかっているような体勢になっている。

「す、すまな——」

——い、と言いかけて、その言葉がのどに引っかかってしまった。

手をつないだままの扇奈の顔が、ほんの数センチ前にある。

今まで散々飽《あ》きるほど見てきた顔だ。だが、間近で見て、改めて思う。すごくきれいな顔だ、と。

普段はそんなこと思わない。あるいは、思おうとしない。

だが、伏見扇奈という少女はとんでもない美少女だ。

……俺は、こんなに可愛い子がいつも側にいるのに、どうして何も感じないのだろう？

劉生は健全な男子高校生だ。だったら、こんな美少女がいつも傍《かたわ》らにいてくっついて来ようとしたら、ドキドキしないわけがない。だが、劉生はたまにドキリとする程度だ。なぜか。

彼女が隣《となり》にいるのが当たり前で慣れているから？　それもあるかもしれない。扇奈とはいつだって一緒だ。水、あるいは、空気のような存在と言ってもいい。

だが、本当の理由はそうではない。劉生はいつだって彼女にドキドキしている。それに気づかないふりをしているだけだ。

そうしなければ、自分はきっと彼女の隣にいられないだろうから。

「劉生……」

彼女の唇が彼《かれ》の名前を紡《つむ》ぐと同時に、彼女の吐息《といき》が頬を撫でる。リップクリームも塗《ぬ》っていないのに、彼女の唇はいつだってつややかだ。この唇とキスをしたいと思っている男子は数え切れないほどいるだろう。

そういう唇が、ほんの十数センチ先にある。

劉生が顔を前に出せば、キスできてしまう。

――何を考えているんだ俺は！

こんなことを考えるなんて親友失格だ。自分は彼女の友達であり続けようと誓《ちか》ったじゃないか。

中学時代、彼女は男子からは性的に見られ、女子からは阻害《そがい》され、いじめられた。小学校時代にはたくさんいた友達は全て友達ではなくなり、彼女は一人ぼっちになってしまった。

明るかった彼女が、孤独《こどく》の中ずっと泣き続けた。声がガラガラになるまで泣き続け、目は泣き腫《は》らして真っ赤になり、頬には涙《なみだ》の跡《あと》がずっと付いていた。

そんな扇奈を見て、この子を守りたいと強く思った。この子を泣かせる連中の同類になんかなりたくないと思った。

だから誓ったのだ。この少女の友達であり続けようと。

他人から見ればくだらない、独りよがりな誓いかもしれない。だが、劉生が彼女の側にいるためには、この誓いが必要なのだ。

この誓いがなければ、おそらく、劉生は――。

間抜《まぬ》けな自分の顔が、扇奈の大きな瞳に映り込んでいる。その瞳がうるんでいるように見えるのは、劉生の勝手な思い込みだろうか。

「せ、扇奈」

この状況《じょうきょう》はよくない、と思い、とにかく言葉を発してみる。

「劉生」

すると、扇奈もそれに呼応するようにこちらの名前を口にした。ただでさえ近い顔を一層近づけてくる。

そして、一言。

「……違《ちが》う」

「は？」

違う？　何が違う？　俺、何か間違えたか？

扇奈の呟きの意味がわからず、戸惑《とまど》う。

そんな劉生を、扇奈は不満そうな顔で睨《にら》んできた。

「なんで劉生が転ぶのよ！　転ぶのは、私の役目でしょ！」

その言葉で、パッと呪《のろ》いが取り払《はら》われたような気持ちになった。

おかしなモヤモヤが吹《ふ》き飛び、いつもの自分が戻《もど》ってくる。

だから、思い切り怒鳴《どな》れた。

「好きで転んだんじゃねーよ！　てかなんだ役目って！　お前も転ぶなよ！」

「劉生にはガッカリだよ！」

「なんで転んだだけでガッカリされなくちゃいけないんだよ！」

扇奈には無茶苦茶《むちゃくちゃ》な文句を多々言われてきたが、このクレームがダントツで意味不明だ。

「こんな何にもないところで転ぶなんて、私と手をつないでドキドキしちゃって、足元疎かになっちゃったんじゃないの？」

ものの見事に図星を突《つ》いてくるが、素直《すなお》に認められるはずがない。

「お前だってさっき転んでたろーが！」

「私は目をつむってたからよ！」

「俺はお前というお荷物を引っ張ってたからだ！」

「お荷物って何よ！　せめてタケノコ発見器って言ってよ！」

「いや、それもどうだろうか」

扇奈に乗っかかられた姿勢のまま、いつものようにギャンギャン言い合う。

もはや距離《きょり》が近すぎるとかドキドキするとか、そんなこと頭の中からすっかり消え失《う》せていた。安堵《あんど》してしまうのは、自分勝手すぎるだろうか。

「普段はいっつも私のことを不器用とか危なっかしいとか言っておきながら、劉生だって十分ドジっ子じゃないの？　目をつむって歩いた私が転ばなかった場所で転んじゃうとか、あり得なくない？」

「誰《だれ》がドジっ子だ誰が！」

ますます口喧嘩《くちげんか》がヒートアップしようとしかけた頃、

「……何してるの、あなたたち」

竹藪《たけやぶ》の向こうから声が聞こえてきた。

声がした方を振り向くと、伐採《ばっさい》した木と竹を山ほど詰め込んだリュックを背負った椋子が、白い目でこちらを見ていた。

§§§§§§§§§§§§

椋子、劉生、扇奈の順番で下山する。

「急に大声が聞こえてきたから、怪我《けが》でもしちゃったんじゃないかって慌《あわ》てて駆け付けたのに、不純異性交遊してたの？　うちの山でそういうことしないでもらえるかな。おじいちゃん、そんなことのために山に入っていいって言ったんじゃないと思うんだけど」

「決して不純異性交遊じゃないんですけど、あの、お騒《さわ》がせしてすみませんでした……」

ちょっと怒《おこ》っている椋子に対し、劉生が小さくなりながらひたすら謝《あやま》っている。

扇奈は、そんな二人の会話に加わることなく、前を歩く劉生の手をジッと見つめていた。

劉生の手、あたたかくて大きかったな……。
先ほど手をつないだ時の感覚を思い返す。
今まで扇奈は劉生と手をつないだことはない。恋している男の子と手をつなぎたいとずっと思っていたが、なかなか機会がなかったの
だ。手をつなぐ、というのは、相当難易度の高いミッションである。個人的には、キスの
ちょっと下くらいの難易度だ。
理由は、異性で手をつなぐという行為《こうい》が、ほとんど恋人《こいびと》関係でないとできないからだ。
密着具合で言えば、抱き付くとかおんぶするとか胸を押《お》し当てるとかの方が上である。し
かし、これらの行為は扇奈がそうしているように、『冗談《じょうだん》でやった』とか『おちょくるた
めにやった』という言い訳が成立するのだ。
ところが、手をつなぐという行為に、そういう言い訳は通用しない。冗談で手をつない
でみた、おちょくるために手をつないだ、どう考えても苦しく、言い訳にすらなっていな
い。だから、抱き付くことは容易にできても、手をつなぐことは今まで一度もしたことが
なかった。
それが、奇《く》しくもできてしまった。
「……そっか、あれが劉生の手なんだ」

前を歩く二人に聞こえないように、小さく呟《つぶや》く。

触《ふ》れ合ったのは手のひらだけなのだから、大した接触《せっしょく》面積ではない。抱き付くとかの方がよほど劉生の存在を感じられる。でも、手をつなぐことの方が、圧倒的《あっとうてき》な安心感があった。劉生のしっかりとした手とつながっているだけで、何があっても大丈夫！　と思ってしまうような絶対的な心強さと信頼《しんらい》感があった。

また山に来たら、手をつないでくれるかな。

そんな淡《あわ》い期待をしてしまう。

今日はタケノコ以上の収穫があった。

だけど、その一方でガッカリなこともあった。

手をつないだ後のことだ。

劉生がバランスを崩《くず》して転んでしまい、扇奈も巻き込《こ》まれる形で倒れ込んでしまった。

転んだことを問題にしているわけではない。そんなことはどうでもいい。

問題なのは、転んだ時のそれぞれの体勢だ。劉生が先に転び、手をつないでいた扇奈は引っ張られて倒れてしまった。結果的に、劉生が下、扇奈が上にのしかかるような体勢になってしまった。扇奈はこれが大いに不満だった。

女が男を押し倒すってどういうことよ！　普通は逆でしょ逆！

こう見えて、扇奈は結構な少女漫画愛好家だ。少女漫画の中では、主人公の女の子が恋する男の子に押し倒されるシチュエーションがたくさんあった。

それを読んだ扇奈は、私も劉生に押し倒されてみたい！　と思うようになった。

だが、その一方で、私が劉生を押し倒したい！　とは思わない。少女漫画でもごくまれにそういうシチュエーションはあったが、全然扇奈の胸をときめかせなかったのだ。

だから扇奈は、先ほどの自分が劉生を押し倒すような構図がひどく不満だった。

さっきのが反対だったらよかったのに。

そう思わずにはいられない。もしも扇奈と劉生のポジションが逆だったならば、何をされても文句はなかった。

返す返すも残念だ。

「イチャイチャしている合間に、タケノコもしっかり採れたみたいね」

「決してイチャイチャしていたわけではないんですが、それなりに採れたつもりです。あの、少しは竹林のメンテの役に立ちました？」

「少しはね」

「少し、ですか」

「うちの山、竹林は何か所もあるのよ」

最後尾《さいこうび》から、椋子と会話を続ける劉生の後頭部を見つめる。

この少年は、絶対に扇奈が不機嫌《ふきげん》になった理由に気づいていない。

普段はよく気遣《きづか》いができる少年である。いい加減付き合いも長いから、考えを口にしなくても察してくれるくらいだ。だが、こと恋愛《れんあい》に関してはその気遣いが全く機能してくれない。鈍感《どんかん》なのか、子供なのか。それとも、全く別の理由からか。

劉生が扇奈を押し倒してくれる日は、まだまだ先のことになりそうだ。

……なんだか、だんだん腹が立ってきた。

背負っているリュックに手を突っ込み、タケノコを一本取り出す。そして、そのタケノコで劉生の後頭部をツンツンし始める。

「イテッ！　いきなり何しやがる⁉」

「んー？　なんか、つつきやすそうだなって思ったから」

「やめろよアホ！　結構痛いぞ！」

「新鮮《しんせん》だから先っぽもとんがってるんでしょ」

劉生が手を振《ふ》って防御《ぼうぎょ》しようとするが、後ろに位置する扇奈が圧倒的に有利だった。

ツンツン、ツンツン。

「お前な、食べ物で遊ぶんじゃない！」

「違うわよ、劉生で遊んでいるのよ」

「余計にタチ悪いわ！」

そんなことを言いながら、おじいちゃんの家に帰っていく。

二人きりの家だ。きっとたくさんチャンスはあるはず。

「さーやるぞー！」

翌日曜日、旧伏見《ふしみ》家に行くと、扇奈《せんな》は昨日以上に張り切り始めた。

「やる気だなぁ」

「そりゃあもちろん！　これからが私の腕の見せどころだし！」

下茹《したゆ》で済みのタケノコが入ったプラスチックの容器を見せながら、やる気に満ち満ちた顔を見せてくる。

「昨日の掘《ほ》りたてを食べてもらえなかったのは、残念だったけどね」

「気持ちは嬉《うれ》しいけど、昨日はお互い無理だったろ」

昨日、慣れない山の作業で二人ともクタクタになってしまった。特に足の疲労《ひろう》はすごく、舗装《ほそう》されていないデコボコの山道を歩いたせいか、足首がガクガクと取れそうな錯覚《さっかく》を覚えるほどだった。山道を歩くのがあんなに疲《つか》れるとは思いもしなかった。行きも帰りも軽快に歩いていた加賀《かが》椋子《りょうこ》は、ああ見えてかなりタフらしい。

劉生《りゅうせい》も掘りたてのタケノコを食べたいという気持ちはあるにはあったが、あれから旧伏見家で、火を熾《おこ》したり調理したりする元気はちょっとなかった。怪我してもつまらないし、大人しく帰ろうということになり、掘ったタケノコは現伏見家に運んで、昨晩扇奈がアク抜きのために下茹でしてくれていた。

「まあ、新鮮さがちょっと落ちても、扇奈の腕で十分カバーできるだろ?」

「お？　劉生ってば私の料理に期待しちゃってる?」

劉生が持ち上げると、扇奈はえへへへと簡単に気をよくする。

「そりゃもちろん。扇奈の料理の腕は信頼している」

あらゆる意味で不器用極《きわ》まりない扇奈だが、料理だけはまぎれもなく素晴《すば》らしい腕前だ。お世辞抜きで、そのへんのいい加減なシェフより上だと評価している。

そんな扇奈が、昨日採ったばかりのタケノコで料理を作ってくれるというのだ。期待しないはずがない。彼女には言っていないが、今日の劉生は扇奈の料理を食べるために朝食を食べていなかった。

「そっかそっか。なら、思い切り頑張っちゃおっと。じゃあ、私は台所で準備するから、劉生は火の方をお願いね」

「了解《りょうかい》了解」

劉生が指でOKサインを作ると、エプロン姿になった扇奈は、家の奥《おく》へ力強い足取りで入っていった。

「さて、俺もやるか」

台所の方からトントントンと包丁の音が聞こえてくると、気持ちを切り替《か》えて、昨日椋子が採ってくれた木と竹の束に目を向けた。

まずは手早く木と竹を選《よ》り分けていく。

「加賀さん、結構たくさん採ってくれたなぁ」

劉生と扇奈がタケノコを収穫している間に、タケノコよりも採取が面倒《めんど》そうな木と竹をたくさん集めてくれていたのだ。やはり経験か。そのうち、木や竹の切り方も教えてもらいたい。

選り分けた竹は、とりあえず居間の隅《すみ》に置いておく。竹も色々活用しようと考えているが、今日のお目当ては木の方だ。

いつもなら、以前作った即席《そくせき》かまどに木を放り込んで火を熾すのだが、その前にやりたいことがあった。

椋子がくれた木は、直径五センチ程度で、長さは三十センチ程度でカットされている。見た感じ、このままでも十分薪《まき》に使えそうだが、加賀老人が言うように、木というものはしっかり乾燥《かんそう》させないと薪としては使い勝手が悪いらしい。このまま強引《ごういん》に使うという選《せん》択肢《たくし》も考えたが、火の前に立つのは劉生ではなく扇奈である。爆《は》ぜた木で怪我をしたり、煙《けむり》や煤《すす》でむせたりしたら可哀想《かわいそう》だ。

かと言って、半年も待っていられない。ガスも電気も使えないこの家では、燃料はどうしても必要となってくる。

なので、ネットで調べて、ひと手間加えることにした。

「ええと、まずは納屋《なや》か」

一つ呟き、家の裏側にある納屋に向かう。

旧伏見家には納屋が二つあり、一つは今にも倒壊《とうかい》しそうなほどオンボロな掘っ立て小屋の納屋で、こちらには扇奈の祖父が生前使っていた大工道具や木材などが収められている。もう一つの納屋は、ホームセンターでよく売っているスチール物置で、こちらはガラクタを放り込んでいるような感じだ。

普段《ふだん》劉生は、掘っ立て小屋の方の納屋にお世話になることが多いが、今日はスチール物置の方に足を運んだ。

「確かこっちで見かけたと思ったんだけど……」

そんなことを呟きながら、ガラクタの中を漁《あさ》る。

「あったあった！」

埃臭《ほこりくさ》い物置を十分ほど捜索《そうさく》して、ベコベコにへこんだ一斗缶《いっとかん》を発掘《はっくつ》した。

「よしよし、蓋《ふた》もきちんとしまるな」

一斗缶の状態を確認した劉生は満足そうにほくそえみ、庭に戻る。そして、どこに作ろうかと辺りを見回す。

「風が強くなさそうなところがいいよな」

となると、庭の隅の方がいいだろう。雑草も全部抜いているので、燃えるものもない。

スコップでザクザクと穴を掘り始める。

庭の土は固かった。が、同じく固い土を耕して庭の一部を畑にしている劉生にとってはそんなこと織《お》り込み済みで、特に文句をこぼすことなく、掘り進めていく。

持ってきた一斗缶がすっぽり収まるほどの四角い穴を掘ると、そこに椋子が採ってくれた木数本を鉈《なた》で適当に割って放り込む。そして、火をつけた枯草《かれくさ》の束も放り込んだ。

火を熾す作業は、この数週間ですっかり慣れてしまった。

「……なかなか火がつかないな」

いつもなら少し待てば木に火が燃え移るはずが、なかなか赤い火は広がってくれない。

原因は疑うまでもなく、木だろう。

今まで薪に使っていた木は納屋の中に保管されていた木材の切れ端《はし》だ。亡《な》き扇奈の祖父が用意したものだから、少なくとも五年は雨に触れることなく乾燥されていたことになる。対して椋子がくれた木は、倒木《とうぼく》をカットしたものだそうだが、雨風に晒《さら》されていた。乾燥なんてされていない。

火をつけた枯草を何度も放り込み、木もできるだけ細く割って、どうにかこうにか焚火《たきび》と言える程度の火力になってくれた。手間も時間もいつもの何倍もかかってしまった。

「なるほど、生木ってのは確かに面倒くさいな」

鉈を鞘《さや》の中にきちんと収めつつ、嘆息《たんそく》する。どうやら、生木を強引に使うという選択肢を早々に放棄《ほうき》したのは正解だったようだ。毎回毎回扇奈にこれだけの手間と時間をかけさせるというのは申し訳ない。

四角い穴の中で安定的に木が燃え始めたのを確認《かくにん》すると、一旦離《いったんはな》れて一斗缶の方に戻る。

「隙間《すきま》なく入れた方がいいとか書いてあったよな……」

スマホで手順を確認し直し、木材をできる限りギチギチに一斗缶に詰《つ》め込んでいく。

気分的にはパズルだった。どの木をどこに入れて、どこの隙間を埋《う》めたらいいのか、と考えながら木を入れていく。

もう小枝一本入らない、というくらい一斗缶の中を木でパンパンにしてから、蓋をきっちり閉める。そして、その蓋にノミを使って一か所穴を開けた。

「うまくできてくれよー」

祈《いの》るような気持ちになりながら、一斗缶を四角い穴の中で燃えている火の上にそっと載《の》せる。

劉生がやろうとしているのは、炭作りだ。

加賀老人に、生木を燃料にするのは難しいと言われたが、それでも山に豊富にある木を燃料として使わないのはもったいない。老人が言うように半年待てばいいのだが、そんなに待ってはいられない。そこで思いついたのが、木を炭にするという方法だった。ネットで調べたら、備長炭《びんちょうたん》みたいな高品質の炭は無理だが、とりあえず炭と言えるレベルのものなら、素人《しろうと》でも作れるらしい。

炭を作れるようになれば、わざわざ半年も木を乾燥させる必要はないし、火付けも簡単になる。煙や煤が出る量もぐっと抑《おさ》えられて、毎回毎回煙臭《けむりくさ》くなってお風呂《ふろ》に入らないといけない、なんてことにもならなくなる。劉生と扇奈にとってはいいことずくめだ。

炭作りは、ざっくり言えば、木を不完全燃焼させて炭化させればいい。

小学生の頃に、割《わ》り箸《ばし》の欠片《かけら》を入れた試験管のお尻《しり》をアルコールランプで炙《あぶ》って炭を作るという理科の実験をした記憶《きおく》がある。今劉生がやっていることは、あれの規模を大きくしたもので、割り箸の代わりに木材、試験管の代わりに一斗缶、アルコールランプの代わりに焚火を使っているのだ。

「理科の実験だと、試験管の尻の方だけにしか火が当たってなかったから、そんなに強火じゃなくてもいいはずだよな」

理科の実験を思い出しながら、火ばさみで適当に焚《た》き木《ぎ》を崩して火力を調節する。

「劉生、下準備できたよー。……何やってんの？」

台所から土鍋《どなべ》を抱《かか》えて戻ってきた扇奈が不思議そうな顔で穴の中を覗《のぞ》き込んできたので、

「理科の実験だ」

適当なことを言ってお茶を濁《にご》した。この炭作りがうまくいくのか全く自信がないのだ。

「ふーん。それよりさ、かまどの方にも火が欲《ほ》しいんだけど」

「あ、そうだったな。すぐやるすぐやる」

炭作りの方に集中しすぎてかまどの方をすっかり忘れていた。

一斗缶を熱している焚火から燃えている木をいくらかもらって、耐火《たいか》レンガをコの字に組んだだけの即席かまどでも火を作る。

「いつもより多めに作っちゃったんだけど、金網大丈夫《かなあみだいじょうぶ》かなぁ」

扇奈はそんなことを言いながら、おそるおそる土鍋を乗せたが、即席かまどの金網《かなあみ》はたわむことなくしっかり土鍋を受け止めてくれた。

「頑丈《がんじょう》だな、この金網」

「そうだね。でも、いつまでもかまどがこれっていうのはキツイよ」

「わかってる」

このかまどはあくまで即席だ。いずれもっと頑丈でしっかりとしたものを作りたい。

「あ、あと二品あるんだった」

扇奈がバタバタと家の中に戻る間に、劉生は自作したテーブルと二人掛けの椅子《いす》を用意し始めた。

この家であれこれするようになってから、どっちが何をするのか、なんとなく分担されるようになっていた。というか、積極的に動かないと、力仕事以外は扇奈が全部やろうとする。それではあまりにみっともないので、劉生も仕事ややるべきことを見つけてドンドン動くようになっていた。

炭の様子を時々伺《うかが》いつつ、家の中の雑巾《ぞうきん》がけをする。

「自分の家では、親に言われないと掃除《そうじ》なんてしないのにな」

廊下《ろうか》を何度も往復しながら、思わず自嘲《じちょう》してしまう。

この家にいると、やりたいことがないとかやることがないとか、そんなことを考えることは全然ない。やるべきこと、やりたいことがどんどん見つかるし、それをこなさなくてはと思ってしまう。

「できたよー」

一時間後、土鍋の蓋を開けて料理の出来具合を確認した扇奈が劉生を呼んだ。

「こっちもできたみたいだな」

穴の中の一斗缶を確認して、劉生も安心半分喜び半分で呟いた。

一斗缶の蓋に開けた穴からは、最初のうちは白い煙が出ていたのだが、今はほとんど出なくなっている。これが炭化が進んだ合図らしい。

早速《さっそく》中身を確認したい衝動《しょうどう》に駆《か》られるが、ぐっとこらえて、シャベルでドカドカと土をかけて一斗缶を穴の中に埋めていく。火を消す意味合いもあるし、一斗缶の中でできているはずの炭をゆっくり冷やすためでもある。

「ねぇ、まだぁ?」

せっせと土をかけて、ちょっとした塚《つか》みたいにしていると、しびれを切らした扇奈が近寄ってきた。

劉生の肩《かた》にひょいと顎《あご》を載せつつ、

「それ、炭を作ってるんでしょ。急ぐことでもないし、先にご飯にしようよ」

「なんだ、これの正体気づいてたのか」

「そりゃあ気づくよ。煙から炭っぽいにおいしてたし」

「サプライズしようと思ってたのに」

「こういうサプライズいらないよ。どうせなら、指輪をくれるとかそういうサプライズにしてよ。ダイヤかぁ。あれも炭素の塊《かたまり》だから炭からどうにかできないかな」

「ダイヤがいいなダイヤ」

「ねえ劉生、最近物を手に入れる時、思考が『どうやって作るか』から出発しちゃってるんだけど、それやめてくれない？　ちょっと怖《こわ》いんだけど」

などと言い合っていると、お腹《なか》がグウと鳴った。

「ほらほら、ご飯にしようって」

「そうだな。そうするか」

火がきちんと鎮火《ちんか》しているのを確認してから、自作のテーブルに向かう。

「当然だけど、今日はタケノコのフルコースだよー」

劉生の前に料理を並べながら扇奈は嬉しそうに言った。

「おー、やったー。さすが扇奈シェフ」

素直に楽しみにしていたので、パチパチと手を叩《たた》く。

扇奈が今日作ってくれたのは三品。タケノコがたっぷり入った炊《た》き込みご飯、タケノコのお吸い物、タケノコのサラダだった。

「炊き込みご飯はド定番だけど、外せないよな」

「ありきたりすぎるかなって正直思ったんだけど、やっぱりこれはね」

「いやいや、はっきり言って、これを一番楽しみにしていた」

「まあね。私も今年はまだタケノコ食べていないいんだよね」

お茶碗《ちゃわん》に山盛りよそってくれながら、扇奈も同意する。

「さ、食べて食べて」

「それじゃ、いただきます」

行儀《ぎょうぎ》よく合掌《がっしょう》してから、箸《はし》を掴《つか》む。

最初に口に運ぶのは、もちろん炊き込みご飯のタケノコだ。

「…………」

扇奈は、箸に手を付けようともせず、ハラハラしながら劉生が食べるのを見守る。

劉生はタケノコの良《よ》し悪《あ》しなんてわからない。だが、ホカホカご飯の中に埋もれている飴色《あめいろ》の三角形はみずみずしくて実に美味《おい》しそうだ。ゆっくりと立ち上る湯気も若々しいにおいをたっぷり含《ふく》んでいて、劉生の食欲を刺激《しげき》する。

一切れ箸でつまんで口に運ぶ。

――シャク。

心地《ここち》よい音が、居間に響いた。

「……これ、タケノコか？」

それが、劉生の素直な感想だ。

劉生だってタケノコは食べたことがある。しかし、このタケノコは劉生がこれまでの人生で食べてきたどのタケノコとも似ていなかった。

まず、その食感に驚《おどろ》く。一瞬《いっしゅん》、自分が食べたのは梨《なし》ではないかと勘違いしそうになるほど軽い歯ざわりだった。今まで劉生が食べてきたタケノコは、いくら噛《か》んでもずっと口の中に繊維《せんい》が残り続けるようなものばかりだった。だが、このタケノコは繊維の感触《かんしょく》はきちんとありつつも歯で噛むとサックリと切れてくれるのだ。こんなに歯ざわりを楽しませてくれる食べ物が他にあるだろうか。

タケノコのシャキシャキとした食感が口の中に残っている間にご飯も食べる。

絶妙《ぜつみょう》な水加減で炊かれた米は出汁《だし》をたっぷり吸っていて、こちらも一粒《つぶ》一粒噛《か》み締《し》めるたびにタケノコのさわやかなにおいが口いっぱいに広がっていく。

「おかわり」

あっという間に空にしたお茶碗を扇奈に突き出す。

「気に入ってくれたんだ。よかった」

扇奈は嬉しそうに顔をほころばせ、土鍋から二杯目《はい》をよそってくれる。

「俺《おれ》の人生で一番うまい炊き込みご飯だ」

きっぱりと断言して、また炊き込みご飯をかき込む。

今まで劉生は、市販《しはん》の炊き込みご飯の素《もと》を使った炊き込みご飯しか食べたことがない。あれはあれで企業《きぎょう》の努力の結晶《けっしょう》で美味しいと思うが、食感と香りはどう考えてもこちらに軍配が上がる。

「たまに、グルメ漫画《まんが》で『米をおかずに米が食える』なんて台詞《せりふ》あるけど、この炊き込みご飯なら本当にそれができそうだな」

「そんなに気に入ってくれたんだ。よかったー。新鮮で水気の多いタケノコを使うって初めてだったから水加減が大丈夫かちょっと心配だったんだ」

初めて、と言うが、この少女のことだ。おそらく昨晩に試作はしているだろう。昨日採ったばかりのタケノコをすぐに調理することにこだわらなかったのも、これが理由だと思われる。

扇奈は、料理のためになみなみならぬ努力をしている。そうでなければ不器用な彼女《かのじょ》がこれほどまでに美味しい料理を作ることは不可能だ。

だが劉生は、いちいちそれを聞かないし、口にも出さない。扇奈がその努力を隠《かく》そうとしているからだ。

「スゲーうまい。おかわり」

代わりに、三杯目をリクエストする。

すると彼女はそれを聞きたくて頑張《がんば》ったと言わんばかりに、ますます嬉しそうな笑顔《えがお》になった。

「もー、ご飯だけでお腹いっぱいになっちゃうでしょ。こっちも食べてよ。タケノコのサラダ」

三杯目の炊き込みご飯をよそってくれた後、扇奈がマヨネーズで和《あ》えたタケノコを一つつまんで、劉生の口元へ近づけてきた。

あーんと口を開けて、そのタケノコを食べてみる。

「うん、これもうまい。タケノコとマヨネーズって合うんだな。初めて知った」

炊き込みご飯の中のタケノコよりもさらにみずみずしく、食感がサックリとしている。ハムやキュウリと一緒《いっしょ》に食べると、口の中が楽しくなるようだった。炊き込みご飯もますます箸が進みそうだ。

もっとくれ、と再度口を開く。

すると、それまでずっと幸せそうに劉生の食べっぷりを見ていた扇奈が不満そうに頬《ほお》を膨《ふく》らませた。

「？　どうかしたか？」

「劉生、あーんするのに全然抵抗《ていこう》なくなっちゃったね。つまんない」

「お前が散々してくるからだろうが」

この間、ここで同じように二人で扇奈の料理を食べている時に、初めてあーんをやられた。あの時は恥《は》ずかしくて一悶着《ひともんちゃく》起こしたが、扇奈が事あるごとに食べさせようとしてくるので、すっかり恥ずかしいとは思わなくなってしまった。慣れとは恐《おそ》ろしい。

「さすがに学校じゃ恥ずかしいけど、ここなら誰かにいじられる心配はないしな」

言いながら二切れ目のタケノコサラダを扇奈の箸から食べる。

「嬉しいんだけど、これはこれでなんか物足りないなぁ。照れというか初々《ういうい》しさがなくなっちゃった感じ」

「じゃあ、拒否《きょひ》ってもいいのか？」

シャクシャクと歯触《はざわ》りのいいタケノコを食べながら尋《たず》ねると、扇奈はブンブンと首を横に振った。

「とういうことは、つまりこういうことか。恥ずかしがったり嫌がったりしながらも、最終的に食べてくれる俺でいてほしいと」

「うん、そういうこと」

「できるかそんな面倒《めんどう》くさいこと」

「えー」

「それも嫌《いや》」


この少女は、本当に劉生をおちょくるのが好きだ。料理に対する努力もすごいが、おちょくるための努力も惜《お》しまない。いつからこんな風になったのだろうか。

小学生の頃《ころ》は、友達みんなを巻き込んで何かをやらかすいたずらっ子ではあった。小学校のグラウンドいっぱいを使って落書きをするとか、夜遅《よるおそ》くに公園で大花火大会を開いて近所の住人を叩き起こすとか、そういういたずらをしていた。中学に上がってからは、さすがにそんないたずらは鳴りを潜《ひそ》めていた。

それが、気づいたら劉生限定で復活していた。

他に友達がいない分、劉生で鬱憤《うっぷん》を晴らしているのだろうが、こればかりは迷惑《めいわく》である。小学生だったら笑って済ませられるが、高校生がやるには少々過激だ。

「あ、そーだ」

ブーたれる扇奈を無視して食事を続けていると、何かを思いついた彼女が弾《はず》んだ声を上げた。

劉生がまだ手を付けていない若竹汁《じる》のお椀《わん》を取り、ゴクゴクと飲み始める。

「ん」

そして、お吸い物を口に含んだまま、唇《くちびる》をこちらに向けてきた。

「……なんだそれ」

「ん！」

口いっぱいに液体を含んでいる扇奈はしゃべることができず、自分の唇を指さすばかり。

「もしかして、口移しで飲めとか、そういうことか」

「ん！」

その通り！　と言わんばかりに、親指を立ててみせる。

「なるほど。あーんに全然抵抗がなくなったから、ワンステップ上の難易度の口移しをしようと考えたわけだな。そうだな、あーんの次は口移しになるよな」

「ん！」

「できるわけがないだろうが！」

楽しそうに唇を近づけてくる扇奈の脳天にチョップを食《く》らわせる。

「ホントにアホだなお前は！」

口移しは、キスと同義だ。ファーストキスもまだなのに、こんなしょうもないことでキスできるはずがない。

「あー、なにすんの！　今の衝撃《しょうげき》でおつゆゴクンって飲んじゃったじゃない！」

空になった口の中を見せつけるように大声で非難してくる。

「俺に文句言うか⁉」

「もう一回！」

「させるか！」

扇奈が取る前に椀を奪《うば》い取り、中身を一気に飲み干してやる。

「なにすんのよ！　それは私のじゃない！」

「俺のだ！　つーか、そっちも寄越《よこ》しやがれ！」

扇奈のお椀も奪い取り、こちらも空にする。味わう余裕《よゆう》なんてありやしない。

「あー！　ホントに全部飲んじゃった！　ひどい！」

「お前の方が絶対にひどいことをしているからな⁉」

「劉生が美味しく食べられるように手伝ってあげてるだけじゃない！」

「俺は赤《あか》ん坊《ぼう》か⁉」

「……涎掛《よだれか》けつけたら似合うかなぁ」

「想像すんなよ。絶対につけないからな」

そんなことを言い合いながら、二人の賑《にぎ》やかな食事は進んでいく。

実にバカバカしい、くだらないやり取りだ。

だけど、自分たちらしいな、とも思ってしまう。

無言で静かに食事をする自分たちなんて、想像できないし、想像したくもない。


「──ごちそうさま。食べた食べたー」

膨らんだお腹は重たいが、劉生は満足だった。

「久々に食べ過ぎってくらい食べたな。マジでうまかった」

採ってきたばかりの食材の力と扇奈の腕《うで》が合わさると、こんなに美味しい料理になるのかと身をもって知った。加賀老人が許可をくれるのなら、これからも積極的に山《やま》の幸を採りに行きたい。タケノコ以外にも山菜や木の実などがたくさんあるはずだ。

「劉生に美味しかったって言われたら、私も作った甲斐《かい》あったよ」

土鍋の中の炊き込みご飯をしゃもじでプラスチック容器に移しながら、扇奈が笑顔を見せる。

「それ、どうするんだ？　家に持って帰るのか？」

「違《ちが》う違う。加賀さんの所にお礼がてらおすそ分けしようと思って」

「そのためにいつもより多く炊いたのか」

世話になってばかり、というのはいいことではない。こういうお礼をきちんとするのは大切なことだ。しかし、人間嫌《ぎら》いのぼっちの扇奈がそういうことを思い付くとは、少々意外である。

「これから行くつもりだけど、劉生はどうする？」

「そうだな、俺も行った方がいいかな」

劉生も直接感謝の気持ちを伝えたかった。

念のため、炭作りの火が消えているかもう一度確認してから、扇奈と一緒に坂道を下りて加賀家に向かう。

インターホンを鳴らすと、今日も応対に出たのは椋子だった。

来訪の用件を告げると、すぐに玄関《げんかん》が開いた。

「加賀さん、昨日はお世話になりました」

扇奈が頭を下げると、

「……どういたしまして」

ボサボサ頭でホットパンツ姿の彼女は、オドオドとした様子でぎこちなく頭を下げ返した。山ではあんなに生き生きとして頼《たよ》りがいのある女性だったのに、昨日とはまるで別人だ。

少し気になるが、それを直接聞くのはさすがに憚《はばか》られる。

「ありがとうございました」

疑問をおくびにも出さず、扇奈に倣《なら》って劉生も頭を下げた。

「祖父が会いたいそうです。中へどうぞ……」

幽霊《ゆうれい》のような椋子に案内されて奥の部屋に行くと、加賀老人はこの前見た時と同じ介護《かいご》ベッドの上で、上半身を起こした状態で出迎《でむか》えてくれた。手を挙げて、気軽に挨拶《あいさつ》をしてくる。

「よう、昨日はタケノコをたくさん採ってくれたらしいな。助かったよ。ありがとう」

「こちらこそ、おかげでおじいちゃんの家での生活がちょっと豊かになりました。ありがとうございます。あの、これ加賀さんの山のタケノコで作った炊き込《こ》みご飯です。よかったら食べてください」

扇奈が手渡《てわた》すと、加賀老人は嬉しそうに容器の蓋を開けた。

「お、うまそうじゃないか。早速もらおうかな。おーい椋子、お茶碗と箸としゃもじを頼《たの》む」

廊下に控《ひか》えていた孫娘《まごむすめ》は言われるままに食器を持ってきて、炊き込みご飯をお茶碗によそって祖父に渡《わた》した。

「ありがとう。せっかくだから椋子も食べたらどうだ？」

「あ……ワタシは、後で……」

目を伏《ふ》せ気味《ぎみ》の椋子は、それだけ言って、廊下に出て行ってしまった。

「……やれやれ。ダメ、か」

ベッドの上の老人は廊下の方を見つめながら、残念そうに嘆息した。

意味がわからない劉生と扇奈はこっそり顔を見合わせるばかり。

「いや、すまん。こっちの話だ」

老人はかぶりを振って気持ちを切り替え、扇奈の炊き込みご飯を食べ始めた。

一口目はしっかり味わうようにゆっくりと食べたが、二口目からは年寄りとは思えない勢いで一気にかき込み、あっという間にお茶碗を空にした。

「ごちそうさま。うまいじゃないか。うちの息子《むすこ》の嫁《よめ》より料理の腕は上だな」

「あ、ありがとうございます」

扇奈がちょっと照れくさそうにお礼を言う。

「そういえば、善一《ぜんいち》も料理は得意だったなぁ。家で飲む時はいつも酒のつまみを作ってくれたし、キャンプやバーベキューする時も率先《そっせん》して料理してくれたもんだ」

「へぇ、おじいちゃんって、若い時からバーベキューとかやってたんですね」

扇奈がはしゃいだ声を出すと、加賀老人も楽しそうに笑った。

「数え切れないくらいやったよ。焼け焦《こ》げたレンガ、まだ残ってないかい？　あれは俺たちがバーベキューする時に使ってたものなんだ」

「ありますよ。というか、この炊き込みご飯、あのレンガで作ったかまどで炊いたんです」

「ほう、あれはまだ現役《げんえき》かい。嬉しいねぇ、そういう話を聞くのは」

「いえまあ、うちはガスが使えないから、料理するには使わざるを得ないってだけなんですけど」

扇奈がちょっと情けなさそうに笑うと、加賀老人は思いがけないことを言ってくれた。

「使うんだったら、うちのレンガを持っていくか？　確か、善一の家にはあんまり数がなかったはずだ。多い方が色々できるようになるだろう」

「え？　こちらのお宅にも耐火レンガがあるんですか？」

扇奈ではなく、劉生が食い気味に尋ねる。

「ある。バーベキューやってたのは善一の家でだけじゃなくてな。仲間の家のどこでもできるようにみんな買ったんだ。うちじゃもう使うことはないだろうし、息子の嫁から邪魔《じゃま》だから捨てろと言われているんだ。捨てるのは忍《しの》びないから置いておいたんだが、お前さんたちが有効活用してくれるなら、うちとしてもありがたい。持っていくかい？」

「「いただきます！」」

加賀老人の問いかけに、劉生と扇奈の声は見事なまでにきれいに揃《そろ》ったのだった。

「おー、すごいすごい。これだけあったら、しっかりとしたかまどができるんじゃない？」

加賀家の玄関脇《げんかんわき》に積まれた耐火レンガの山を見て、扇奈がはしゃいだ歓声《かんせい》を上げた。

「今までのかまどは低くってさー。腰《こし》が痛くなっちゃうんだよね。それがなくなるだけでも私にはすごくありがたいよ」

「これだけあったら、今までみたいに単に組んだだけじゃなく、セメントでがっちり固めてもいいかもな」

譲《ゆず》ってもらった耐火レンガの数を数えながら、劉生も満足そうに呟《つぶや》く。

「ということは、おしゃれなヨーロッパ風のかまどを期待していい？」

「おしゃれになるかはわからないが、そうだな、それくらいのが作れたらとは思っている」

今まではあくまで仮ということで、庭の真ん中にかまどを置いていたが、きちんとしたものを作るのなら家の中に作った方がいいだろう。そうすれば、日差しや雨風に邪魔されることなく調理をすることができるはずだ。調理が楽になって扇奈は助かるし、劉生も彼女がますます美味しい料理を作ってくれるとなったら、こんなに嬉《うれ》しいことはない。

「それはすっごく楽しみにしているね！　なんだけど、その前に……」

と、急に扇奈の顔が曇《くも》り、声もトーンダウンする。

「このレンガを、おじいちゃんの家に運ばなくっちゃいけないねぇ」

「だな。これはかなり骨が折れそうだ」

耐火レンガは普通《ふつう》のレンガよりも強度がある分、密で、重量がある。それを数十個も坂道の上にある旧伏見家へ人力で運ばないといけない。帰宅部の高校生二人で。

ちょっと考えるだけでも、とんでもない重労働になるのがわかってしまう。

「ねぇ、これ二人で運ぶって無理っぽくない？」

「そうは言っても、俺たちでやるしかないだろ」

玄関脇にまでこの耐火レンガを運び出してくれたのは椋子だった。彼女はありがたいことに、運ぶの手伝おうか？　と言ってくれた。しかし、劉生たちはそれを遠慮《えんりょ》した。

ド本音を言えば、手伝ってもらいたかった。だが、物をもらった上にその運搬《うんぱん》まで手伝ってもらうというのは、いくらなんでも図々《ずうずう》しすぎて、気が引けたのだ。

「まあ、頑張って一つ一つ運んでいれば、いつか必ず終わるだろ」

「やっぱり、そういう根性論《こんじょう》を言うんだ」

と扇奈は嘆息するが、彼女にも他にいい案は思いつかないようだった。

「じゃあ、やるぞ」

「はぁい」

劉生が促《うなが》すと、仕方ないといった表情をしつつも、大人しくレンガ運びを手伝い始めた。

レンガを一つ一つ手で持って旧伏見家まで運ぶのはあまりに非効率だ。台車でもあればかなり楽になるのだが、あいにく旧伏見家にそんな便利なものはない。

仕方がないので、自転車のカゴにレンガを入れて運ぶことにした。およそレンガを運ぶのに適しているとは言えないが、それでも一つ一つ手に持って運ぶよりはマシだろう。

カゴに入れられるだけレンガを入れて、ハンドルを劉生が握《にぎ》り、扇奈はサドルを押《お》さえ、自転車を細く曲がりくねった坂道の上へ押し上げていく。

「お、重……！」

覚悟《かくご》していたつもりだったが、レンガを積んだ自転車はものすごく重たかった。重さが前方に偏《かたよ》っているので、気を抜《ぬ》くとハンドルがガクンとおかしな方向に行ってしまいそうだ。空気をこの前入れたばかりの前輪のタイヤもちょっとへこんでしまっている。

「重いー！」

「扇奈、気を抜くなよ！　お前の支えがなくなったら、俺ごと自転車が坂道を転がり落ちかねないからな！」

「劉生だけなら歓迎《かんげい》するけど！」

「そんな冗談《じょうだん》言ってる場合か！」

二人揃って、ゼェゼェ言いながら自転車を押して、どうにかこうにか旧伏見家にたどり着く。カゴの中のレンガを地面に下ろして、二人は大きく息を吐《は》いた。

「キッツ……！」

「しんどいこれー！　明日絶対に筋肉痛になる！」

たった一往復しただけで大粒《おおつぶ》の汗《あせ》が額に浮《う》かび、乳酸でパンパンになった太ももが悲鳴を上げた。

恐ろしい重労働の末に運べたのは、もらった分の十分の一程度だ。つまり、あと九回今のと同じことを繰《く》り返さないといけない。

「ねぇ劉生、全部運ぶ自信ある？」

「………………」

タオルで額に浮いた汗を拭《ふ》く扇奈の問いに、劉生は答えられなかった。正直、その自信は微塵《みじん》もない。

前言撤回《てっかい》して、やっぱり椋子に手伝ってもらうよう頼《たの》もうか、と情けないことを本気で考え始めてしまう。

「とにかく、やれるだけやろう」

そう言うしかなかった。

早速くじけそうな足を叱咤《しった》し、再度加賀家に行き、自転車のカゴにレンガを積《つ》み込んでいく。

積み込みながら、もっと楽になる方法はないだろうかと考える。

車でも使えたら一番楽なのだが、桜ケ丘《さくらがおか》の坂道は細く、とてもではないが車は入れない。台車でもあれば、自転車のカゴに積んで運ぶよりは楽だろうが、そんなものを貸してくれる当てはない。となると、後は人手を増やすくらいだが、これもロクな当てがない。劉生の友達に声を掛《か》けたら何人かは手を貸してくれるだろう。だが、人間嫌いの扇奈は確実にそれを嫌がる。

彼女が許容してくれそうな相手は、まず扇奈の父親だろうか。だが、あの大人は仕事で忙《いそが》しいだろうし、そもそも劉生が彼《かれ》に借りを作りたくない。

次に思いつくのは、智也《ともや》か。彼なら扇奈も多少知っているし、旧伏見家のことも知っているから問題はなさそうだが、確か今日はバイトだと言っていた。

他に可能性があるとしたら……。

一人だけいる。手伝ってくれそうだし、扇奈も嫌がりそうにない人物が。だが、レンガ運びなんて力仕事、絶対にできそうにない人物だ。そもそも、それだけのためにここに呼び出すというのは、さすがの劉生でもできそうにない。

となると、やはり人手ではなく、道具に頼る方がよさそうだ。

「納屋《なや》に使えそうな道具ないか、確認するか……」

せっせとカゴにレンガを積みながら、そんなことを呟いた。

と、扇奈の手が止まっているのに気づく。

「ねえ、そこにいるの寺町《てらまち》さんじゃない？」

劉生が文句を言う前に、彼女は道路の向こう側を指さした。

そちらに顔を向けると、何たる偶然《ぐうぜん》か、たった今頭に思《おも》い描《えが》いた人物の姿があった。

「劉生君、伏見さん、こんにちは」

車を気にしながら道路を横断してきた私服姿の寺町奏《かなで》が、丁寧《ていねい》に挨拶をしてきた。

「奏、こんなところで何をしてるんだ？　俺たちに用か？」

「たまたま通りがかっただけです」

乗ってきた自転車から軽《かろ》やかに降りながら答える。

「……ふぅん？」

奏の家は木ノ幡《このはた》高校の近くだそうだし、休日は図書館に行くことが多いと聞いたことがある。しかし、それはいずれも中区《なかく》で、ここは北区《きたく》だ。

「それより、お二人は何をなさっているんですか？」

「ん？　ああ、こいつを上に運んでいる最中だ」

と、奏にザッと説明する。

「なるほど、耐火レンガですか。確かに普通のレンガより重いみたいですね」

レンガを一つ手に取ってみた奏が感心したように呟く。

「ただでもらえたのは死ぬほどありがたいんだけどな。運ぶのも死ぬほど重労働だ」

「でも、運ぶんですよね」

「そりゃもちろん。これでちゃんとしたかまどを作ったら、扇奈が今まで以上に料理を作りやすくなる」

そのための苦労なんて物の数ではない。

「なるほど……」

と、奏の視線が扇奈の方へ移動する。

「え、な、なに……？」

無遠慮《ぶえんりょ》と言ってもいい視線を受けて、扇奈が戸惑《とまど》う。

が、奏は扇奈に何を言うでもなく、再び劉生の方へ顔を向け、思いがけない申し出をしてきた。

「よろしければ、わたしもお手伝いしましょうか？　このような腕ですから、謙遜《けんそん》でも何でもなく、本当に微力《びりょく》ですけど」

袖《そで》をまくって見せる腕は確かに細い。筋肉なんか全然ありそうに見えない。だが、それでも人手が一人増えるのは、今の劉生たちにはかなりありがたい。

「すごく助かるけど、スゲー重いぞ」

「無理はしませんから」

奏と会話をしつつ、扇奈の方へ目を向ける。

扇奈の方も、劉生の方を見ていた。

『どうして手伝ってくれるのかわからないけど、手伝ってくれるならすっごく助かる』

目が、そんなことを言っていた。

扇奈が嫌ではないなら、断る理由はない。

「じゃあ、頼めるか。ただし、本当に重いから無理はしないでくれ。怪我《けが》をされたら困るからな」

「はい、わかりました」

早速三人で、自転車のカゴにレンガを積み込む。

「ポジションを変えよう。俺が後ろから押して、二人はハンドルを左右片方ずつ持って押してくれ」

扇奈と二人だけの場合、押しながらハンドル操作をしなくてはいけないから劉生が前方を担当していたが、奏が加わってくれるならハンドル操作を二人に任せて、腕力《わんりょく》がある人間がひたすら押す作業に専念した方が安定するはずだ。

「よし、いくぞ！　せーのっ！」

扇奈が右のハンドルを掴み、奏が左のハンドルを掴む。そして劉生はサドルをがっしり持って思い切り力を込めた。

「おお！　いける！　いけるぞ！」

二人が三人になったのは、やはり大きなプラスだった。先ほどは扇奈と二人でゼェゼェ言いながら上った坂道を、三人はヒィヒィ言いながら上ることができた。

台車代わりにした自転車とともに坂道を往復すること九度、汗だくになりながら、どうにかこうにか耐火《たいか》レンガ全てを旧伏見家まで運んだ。

「疲《つか》れたー！」

扇奈が居間で虎《とら》の敷物《しきもの》みたいにべろんと広がる。

「夜までかかるかと覚悟していたけど、なんとか日が沈《しず》む前に終わったな。奏のおかげだ。ありがとう」

「いえ、お役に立ててよかったです」

奏は玉のように大粒の汗を額に浮かべながら、笑顔を見せる。

「それでは、これで失礼しますね」

「もう帰るのか？　なんにもないけど、少しは休んでいけよ」

「いえ、そろそろ帰らないと門限がありますから」

お礼も何もしていない。お茶ぐらい出そうとしたが、奏はそれも固辞して早々に帰っていった。

「なんか、手伝わせるだけになっちゃったな」

ものすごく助かっただけに、申し訳ない気持ちになってしまう。

「……あの子、何か用があったんじゃないかなぁ」

坂道を下りていく少女の背中を見つめながら、扇奈がそんなことを呟いた。

「は？　奏はたまたま通りがかったって言ってたろ」

それに、もし用があるならちゃんと言うはずだ。何しろ、この家にアポイントなしでやってきて、ろくに話したことがないクラスメイトに、モデルになってくださいなんてとんでもない頼みをしてきた少女である。

「うん、そうなんだけどね……」

何か釈然《しゃくぜん》としないものがあるのか、扇奈はしきりに首を傾《かし》げた。

扇奈に言われると、劉生も引っかからなくもない。何しろ、ここは過疎《かそ》りまくりで何もない北区である。

だが、無理に聞き出そうとするのは、大きなお世話だろう。仮に奏に何か用があったとしても、向こうから言ってくるのを待つしかない。

「そんなことより、ガチのかまど作るなら、煙突《えんとつ》と耐火セメントが必要みたいだ」

気持ちを切り替《か》えて、スマホで検索《けんさく》してみると、ＤＩＹのサイトにはそんなことが書いてあった。レンガだけでなく、セメントにも耐火があるとは思ってもみなかった。加賀老人にも言われたが、やはり自分たちは不勉強だ。

「煙突とかってホームセンターに売ってるのかな？」

「もしくは、通販《つうはん》だな。……ここって通販で届けてくれると思うか？」

「無理じゃない？　私たち、ここに住んでいるわけじゃないんだし」

「だよなぁ」

坂道を見て、うんざりとした気持ちになってしまう。

たった今、滅茶苦茶《めちゃくちゃ》重たいレンガを運んだ人間とすれば、明日も同じことをやろうとは思えない。

「煙突はかさばるし、セメントも絶対に重いだろうなぁ」

どうにか楽して煙突とセメントを運ぶ方法はないものか。

忌々《いまいま》しい坂道を睨《にら》みながら、うーんと考え込む。

「……通販にするか」

ややあって、そう呟くと、扇奈に怪訝《けげん》な顔をされた。

「え？　でも通販は……」

「配達してくれる店に注文する」

そう言いながら、スマホの画面をタップし始めた。

次の日は月曜日だが、祝日で学校は休みだった。

いよいよゴールデンウィークが始まる。学校がなければ、朝から晩までずっとこの家で作業し続けられる。高校生の貴重な連休をそんなことに全部費《つい》やしていいのかと言われそうだが、今の劉生には、他の何よりもこの家での作業が重要だった。

「おっそいな。住所がきちんと伝わってないいんじゃないだろな……」

そんな劉生だったが、今日は作業に取り掛からず、旧伏見家の玄関前《げんかんまえ》で機嫌《きげん》の悪い動物園のライオンみたいにウロウロしていた。

「せめて坂の下で待っていた方がよかったのかな」

などと呟きながら、待ち人が現れるのを待ち続ける。待ち人が来てくれないと、今日の作業に入れない。

やがて、坂の下からグォングォンとつらそうなエンジン音が聞こえてきた。

「来たか」

「おーい」

原付バイクに乗った人物が手を振《ふ》るのを見て、ホッと安堵《あんど》の息を吐く。

「遅《おそ》いぞ。十時に来るって言ってたじゃないか」

「そんなこと言ったって、僕《ぼく》は北区は全然詳《くわ》しくないんだ。スマホのナビを見る時は停車しなくちゃいけないし、時間がかかるのは仕方がないよ」

劉生の苦情に反論しながらヘルメットを外したのは、クラスメイトの智也だった。

いつも笑顔を絶やさない彼だったが、さすがに困り顔になっていた。

「そもそも、うちは配達サービスなんてやっていないんだけど」

「固いこと言うなよ。今度牛丼《ぎゅうどん》でもおごってやるから」

ホームセンターでアルバイトをしていて、原付免許《めんきょ》を持っている智也に耐火セメントと煙突の配達を依頼《いらい》したのだ。最初は嫌がった智也だったが、劉生がしつこく頼むと、根負けして請《う》け負ってくれた。

「微妙《びみょう》に安いのが劉生っぽいなぁ」

表情を困り顔から苦笑《くしょう》にスライドさせつつ、原付バイクの後ろにくくりつけていた荷物を降ろした。

「結構重かったし、かさばったよ。原付の積載《せきさい》制限に引っかからないかと冷や冷やした」

荷物は、五キロ入りの耐火セメントと、バラバラの状態でパッケージされた銀色の煙突だ。かまど作りのために劉生が注文したものである。

「お、サンキュー。よしよし、これがあればかまどができる」

「セメントを見て喜ぶ高校生ってレアだなぁ」

セメントの袋《ふくろ》をポンポンと叩《たた》きながら満足そうな笑《え》みを浮かべる劉生を見て、智也はちょっと呆《あき》れた表情になった。

「まあ、それは認めるしかないな」

少ない小遣《こづか》いしかもらっていないのに、こんなものに嬉々《きき》としてお金を使う高校生は、日本中探しても劉生くらいのものだろう。

だが、これには貴重な小遣いを支払《しはら》うだけの価値がある。これがあれば、長期的に使えるしっかりとしたかまどが作れるのだから。

智也に商品の代金を払《はら》いつつ、

「今日、バイトはないんだろ？　ついでだから、かまど作るの手伝ってくれよ」

と、気軽に頼む。

「牛丼一杯《ぎゅうどんいっぱい》でどこまで僕をこき使う気なの？」

「牛丼に玉子付けてやるから！」

「グレードアップがショボイよ。せめてサラダとみそ汁《しる》もつけて」

そう苦情を言いつつも、智也は手伝うことを了承《りょうしょう》してくれた。チラチラと旧伏見家に視線を送っているから、この家に、あるいはこの家で劉生たちがどんなことをやっているのか、興味があるのだろう。

「とりあえずお邪魔していいかな？　原付を置きたいし、どこにかまどを作るのかチェックしたい」

と言いながら、ズボンの尻ポケットから軍手を取り出す。

自前の軍手を持ってきているところを見ると、口では文句を言いつつも、初めから手伝うつもりで来てくれたのかもしれない。

「こっちだ。ここにかまどを置けたらと思っている」

庭先に原付バイクを停《と》めた智也を、玄関入ってすぐの広い土間に案内した。

「ここ？　ここにかまどを作るの？」

「そのつもりだ」

「この家、台所ってないの？」

智也が驚《おどろ》くのも無理はない。言ってしまえば、玄関入ってすぐの場所に台所を作ろうとしているのだ。そんな家、普通はない。

「台所は奥《おく》の方にある」

「そっちに作った方がよくない？　ガスコンロや冷蔵庫はなくても、調理台や流し台はあるんでしょ。ここは調理台も何もないじゃないか」

「調理台は作ろうと思ってる」

「手間だし、材料費かからない?」

「…………」

智也のもっともな疑問に、劉生は口ごもる。

台所にかまどを作ったら、という智也の意見は正しい。この旧伏見家は古い家だから、台所にはおそらく昔はここにかまどがあったんだろう、という場所も残っている。あそこを少し取り壊《こわ》して、かまどを作る方が理にかなっている。

だが、劉生は土間にかまどを作ろうと決めた。

この家にいる時、劉生はおおむね庭か居間で作業をする。そのどちらも、台所からは遠い。劉生が作業をして、扇奈が料理の支度《したく》をしていると、二人は全然顔を合わせられないし話もできない。せっかくこの家を二人できれいにしよう、と頑張《がんば》っているのに、バラバラで作業をするというのはなんとも寂《さび》しい。

この土間だったら、雨戸を開ければ庭からも見えるし、居間はふすまを挟《はさ》んで隣《となり》だ。

「ははぁん」

黙《だま》りこくって目をそらそうとする劉生を見て、智也はなんとなく理由を察したらしい。

ニヤニヤと笑い出す。

「……なんだよ。言いたいことあるなら言えよこのヤロウ」

口では強気なことを言うが、見透《みす》かされていそうで友人の目を見ることはできない。

「いーや、別に。仲がいいなって思っただけ」

なんとなくどころではない。これは完全に読まれている。

頬《ほお》が赤くなる劉生の前で、劉生いじりに満足した智也が土間の床《ゆか》と壁《かべ》をコツコツ叩き始めた。

「そうだね、床は土がしっかり踏《ふ》み固《かた》められているし、壁はボロいのが幸いして加工しやすそうだ。土間の面積も十分にある。ここにかまどを作るのは問題ないと思うよ」

「これ、図面を引いておいた。これでわかるよな？」

昨晩ノートに描《か》いた設計図を智也に渡す。

「……うん、大丈夫《だいじょうぶ》。煙突の位置さえしっかり決めておけば大丈夫でしょ。そんなに難しくないと思う。あと、お鍋《なべ》とかを置くところには金網《かなあみ》じゃなくて、これを使った方が便利だと思う」

と、原付バイクの収納スペースから金属製の円盤《えんばん》を取り出した。

「なんだこれ」

一見単なる円盤だが、大きいドーナツ形の輪と小さなドーナツ形の輪と、もっと小さい円盤が組み合わさって一つの円盤になっている。

「釜輪《かまのわ》っていうかまどのオプションアイテム。これをかまどの上に置いて、この中の蓋《ふた》と輪っかを載《の》せたり外したりして火力の調節に使うんだ」

なるほど、全部のパーツでかまどの上を塞《ふさ》げば鍋やフライパンに直接火が当たらないから弱火、小さい円盤だけ外したら火が少しだけ当たるから中火、円盤と小さなドーナツ形の輪を外せば火がしっかり当たるから強火、ということか。上部を金網にして火箸《ひばし》で薪《まき》や炭をガチャガチャ動かして火力調整をするより、こっちの方が楽かもしれない。

「いいな、これ」

レンガの上にセメントで接着すれば何とかなりそうだ。

「二千円ね」

「……買うよ」

「毎度ありー」

財布《さいふ》から千円札を二枚出し、智也に握らせてから、いよいよかまど作りをスタートさせる。

とはいえ、智也が言った通り、かまど作りはそこまで難しいものではない。

扇奈の二口コンロみたいにしてほしいというリクエストを受けて、レンガをヨの字に組んで、耐火セメントでしっかり接着して、煙《けむり》を逃《に》がすために煙突と釜輪を取り付ければそれで完成だ。

特殊《とくしゅ》な技術が必要なわけではない。強《し》いて言えば、煙突が外れないようにしっかりと固定することが気を付けるポイントだろうか。

まずはレンガを積み木のように積んで仮組みをして、イメージ通りか確認《かくにん》する。

「やっぱりこのレンガ、重たいね」

「落とすなよ。案外あっさり割れるぞ」

「落とさないよ。僕がバイトでどれだけこういうものを運んできたと思っているのさ」

一段目二段目は、納屋にあった普通のレンガをきっちり敷《し》き詰《つ》めた。これは嵩《かさ》増しが目的だ。今までのかまどは少ないレンガで作っていたこともあり、低かった。火の調節するにも、鍋をかき回すにも、屈《かが》まなくてはならなかった。そのため、かまどを使うと腰が痛くなると扇奈から苦情が来ていたので、それを解消するべく、かまどを高くすることにしたのだ。

普通のレンガの上にさらに耐火レンガをきっちり並べる。耐火レンガが火の熱を受け止めるので、下の方は普通のレンガでも問題ないらしい。

「こんなものか？」

もらったレンガにも限界はあるので、システムキッチンのような高さにはできない。せいぜい腰の高さ程度だ。だが、これでも今までのかまどよりはずっと楽になるだろう。

何より、多くのレンガを積み上げられて作られたかまどは、今までのよりもはるかにかまどっぽく見える。

智也は仮組みのかまどを前から後ろからチェックしながら、

「もうちょっと壁から離《はな》した方がいいかな。かまどと壁の間に煙突が挟まるわけだし」

「じゃあ、もう三十センチくらい前に出すか」

かまどの位置を確定させてから、次は煙突のための穴を壁に開ける。

「壁の外側に煙突をふさぐものとかないよね？」

「ないない。それより、煙突と穴の間にはどうしたって隙間《すきま》できるよな。それも耐火セメントで埋《う》めるのか？」

「いや、煙しか通らないからそこまでしなくていいよ。泥《どろ》とか粘土《ねんど》とかそういうのでいいんじゃない？」

銀色の煙突の先がきちんと外に出るのを確認して、次はいよいよ耐火セメントでレンガをくっつける作業だ。

「劉生、トロ船ある？」

「なんだそれ？」

「セメントの粉と水を混ぜて練るための容器だよ。工事現場で見たことあるでしょ。平べったくて青とか緑色のプラスチックの容器」

「あー、あれか。なんか似たようなの納屋で見たな。きったないけど」

「セメント練るだけなんだから汚《きたな》くても問題ないよ」

記憶《きおく》を頼りに納屋に行ってみると、ブルーシートにくるまれたオルガンのようなものと壁の間に挟まるように置かれている、雪国の子供が使うソリみたいな平べったい容器を発見した。

「これか？」

「それそれ。それの中にセメントの粉と水を入れて練るんだよ」

「なるほど、バケツでやるより楽だな」

「そういうこと」

とにかく、智也がいてくれたおかげで、作業がドンドン進んだ。

扇奈には料理作りに専念してほしいから、あまり作業を手伝わせたことはなかった。せいぜい草むしりと畑仕事くらいで、他の作業は劉生が一人でやっていた。それぞれの得意分野を活《い》かすための分業だと、今まで考えたこともなかったが、協力して作業すると、ここまで効率がいいのかと身をもって知った。

　これからは扇奈と協力した方がいいかもしれないな、などと考えながら、作業をどんどん進めていく。

　最後に煙突を壁とかまどにしっかりと固定させて、少々の衝撃《しょうげき》では外れないことをきちんと確認して、かまど作りは終了《しゅうりょう》した。

「おー、スゲー。できたできた。智也、めちゃめちゃ助かったよ。ありがとうな」

　自分一人では今日一日でできるかどうか不安だったが、まだ夕方前だ。

「一応言っておくけど、二週間は乾燥《かんそう》させないと、完全な完成とは言えないよ。しばらくは気を付けて。それから、実際に火を焚《た》いて煙がきちんと煙突から抜けるか、最終確認はちゃんとすること」

　ずっとはめっぱなしだった軍手を外しながら智也はそう釘《くぎ》を刺《さ》してきたが、釜輪を上から押してもビクともしない。めちゃくちゃ重たいものを載せないのであれば、今から使っても大丈夫そうだ。

「これで扇奈も料理しやすくなるな」

　たとえば、今までは金網の強度に不安があったので揚《あ》げ物は禁止していた。しかし、これだけの強度があれば、油をたっぷり入れた天ぷら鍋だろうが、豚骨《とんこつ》を大量にぶち込《こ》んだ寸胴鍋《ずんどうなべ》だろうが、何の心配もなく使用できる。扇奈の料理のバリエーションは格段に広がるだろう。

頭の中で数々の料理を思い描いていると、智也が周囲をキョロキョロしながら聞いてきた。

「ところで劉生、ずっと気になってたんだけど、その伏見さんは来てないの？　このかまどを使うのは彼女《かのじょ》でしょ？　だったら、感想を聞きたいんだけど」

「は？　何言ってんだ。扇奈ならずっとそこにいるだろ」

と、劉生が指さす先には、居間の大黒柱の陰《かげ》からこちらをジト目で窺《うかが》っている扇奈の姿があった。

「え？　うわ！　気づかなかった！」

本気で気づいていなかったらしく、いつも穏《おだ》やかな智也が大声を出しながら仰天《ぎょうてん》する。

「いつからいたの？」

「最初から」

劉生が、この家に一人で来るなんてあり得ない話だ。劉生がいるということは、当然扇奈もいる。

「全然気づかなかったんだけど」

跳《は》ね上がった心臓をなだめるために左胸をさすりながら智也が言う。

「で、伏見さんはあそこで何をしているの？」

「お前を警戒《けいかい》しているんだろ」

「ああ……うん、そうだね。近所の全然なつかない野良猫《のらねこ》を思い出しちゃったよ」

劉生は肩《かた》をすくめながら、なんとも言えない表情になった。

昨日、智也にここまで配達させると言ってから、ずっとあんな調子なのだ。

この家の修理は、劉生と扇奈の居場所にするために始めた。人間嫌《ぎら》いで劉生以外には全く心を開かない彼女は、この家に誰《だれ》かが来るのは嫌《いや》なのだ。

「扇奈、お茶くらいは出してやってくれよ」

「えー」

柱から半分だけ体を出している扇奈が露骨《ろこつ》に嫌そうな顔をした。

「俺《おれ》も飲みたい」

「……わかった。準備する」

渋々《しぶしぶ》台所へ消えていく扇奈を見ながら、智也はあははと苦笑を漏《も》らした。

「悪いな、智也」

「いいよ、全然気にしてないから」

扇奈という少女をよく知っているからか、別段気を悪くした様子は見せない。

「それに、ここは劉生と伏見さんの秘密基地でしょ。だとしたら、秘密にしておきたいと思うのは当然だよ」

「お前はそう言ってくれるけどな。たった一人の親友としては、もう少し他の人間に対して気を許してほしいと思うぜ」

やれやれと嘆息《たんそく》しながらそんなことを言う。

すると、智也はこちらの顔をしげしげと見つめてきた。そして、真剣《しんけん》な表情で聞いてくる。

「ねえ劉生、それは本心かい？」

「は？　当たり前だろ」

質問の意図がわからず怪訝な顔をすると、智也はじゃあいいやと肩をすくめた。そして、興味深そうに家の中を見回す。

こいつは、一体何を言い出すんだ？

本気で意味がわからない。

首を捻《ひね》っていると、不機嫌《ふきげん》な表情をした扇奈が、ほうじ茶が注がれた湯呑《ゆのみ》を二つ、お盆《ぼん》に載《の》せて戻《もど》ってきた。

「あ、伏見さん、ありがとう」

扇奈が茶托《ちゃたく》に載せた湯呑を智也の前にスッと置くと、智也はニコニコしながら手に取った。

劉生もお茶を受け取りながら、扇奈と智也を交互《こうご》に見た。この距離《きょり》感はなかなか埋まりそうにない。

「伏見さん、このかまど、どうかな。僕と劉生で作ったんだけども。何か不都合があったら言ってくれない？　できる限りの修整はするつもりだよ」

「…………」

扇奈が無言でこっちを見てくる。何を言いたいのか、すぐにわかってしまう。つまり、『劉生が代わりに答えてよ！』だ。

しかし、このかまどは主に扇奈が使用する。となると、劉生が代わりに答えたって意味がない。

わざとらしく、視線をそらしてやった。

すると、扇奈はいかにも渋々といった感じで、

「……使ってみないとわからないわよ。見ただけでわかるほど、かまどに詳しいわけじゃないし」

「なるほど、ごもっともだね。じゃあ、今から使ってみてよ」

「うん、今から。だって、セメントが固まっちゃったら修整なんてできないんだもん。何か料理を作ってみせてよ。ああ、作った料理は無駄《むだ》にならないように、きちんと食べるから、安心して」

難色を示す扇奈に、智也はにこやかな笑顔《えがお》で、流れるように頼む。

こいつ、扇奈の飯が目的か。

前々から智也は扇奈の料理にも興味を示していた。劉生の昼のお弁当が扇奈の手作りなのを知っているし、この家で扇奈が料理を作っているのも知っている。一度食べてみたいと思うのも無理はなかった。

少し迷った後、劉生は智也に助け船《ぶね》を出すことにした。

「扇奈、俺からも頼む。試《ため》しに使ってみてくれ」

「……劉生がそう言うなら……」

口をへの字にしつつも、扇奈は不承不承、首を縦に振った。

「劉生、助かったよ。おかげで伏見さんの料理を口にできる。でもちょっと意外かな。てっきり伏見さんの味方をすると思ってた」

「俺も重いレンガを積んで腹が減ってるしな。というか、ちょっと待て。俺は別に扇奈のイエスマンじゃないぞ」

「劉生って、孫の言うことならなんでも聞いちゃうおじいちゃん並みに甘《あま》いって、僕は思っているけど」

「心外すぎるぞ⁉」

「今度、クラスのみんなにアンケートを取ってみようか？」

「なんだか怖《こわ》い結果が出そうだから、それは全力で遠慮《えんりょ》する」

すでに下ごしらえは済ませていたらしい。二人の少年が居間の畳《たたみ》に座《すわ》り込んでしょうもないことを話している間に、扇奈は材料が入っている容器をいくつか抱《かか》えて戻ってきた。

「劉生、炭を用意してくれる？」

「おう、わかった」

いよいよ、昨日作った炭の出番だ。穴から掘《ほ》り出しておいた一斗《いっと》缶《かん》を持ってきて、蓋を開ける。中には、細長く真っ黒な炭が収まっていた。底の方には、使い物にならない砕《くだ》けた炭や白い灰も多く溜《た》まっているが、素人《しろうと》が作った割にはよくできた方ではないだろうか。

「これ、劉生が作ったんだ」

一斗缶の中を覗《のぞ》き込んだ智也が感心した声を漏らす。

「きちんと炭になってるだろ」

ちょっと得意げになりつつ、かまどに炭を適当に放り込む。そして、古新聞紙をよじったものに火をつけて、炭にそっと近づけた。

手作りの炭は、今までの乾燥した木材よりも火のつきは悪かった。しかし、一度点火すると、そこからは非常に早く、真っ黒だったのが深紅《しんく》に輝《かがや》き、強い熱を発し始める。

「これ、木よりも火力強いな。しかも、煙の量も少ない」

離れていても熱気を感じてしまう。

「火力が強いってことは、それだけかまどの前が熱くなるってことなんだけどね。でも、まあ、火力が強くなるのは料理担当としては嬉《うれ》しいんだけど」

扇奈はちょっと複雑な表情を見せながら、釜輪を二つ外して強火にし、その上にフライパンをそっと置いた。まだ耐火セメントは全然固まっていないが、フライパンくらいなら大丈夫そうだ。

「じゃあ、ちゃっちゃと作るからちょっと待ってて」

そう言って、容器の蓋を開ける。中身は冷や飯と、サイコロ状に小さく切ったチャーシューや細かく刻んだ野菜だった。

「五目チャーハンか」

「正解。火力を確かめるならチャーハンでしょ」

「真理だな」

うんうんと頷《うなず》く劉生の前で、扇奈が油を敷いたフライパンに具材を投入する。

そこから先は、本当に早かった。

具材をサッと炒《いた》め、冷や飯も入れる。木べらで具とご飯を混ぜ合わせながら水気を飛ばし、パラパラにし、塩コショウで味を調《ととの》え、最後に醤油《しょうゆ》を垂らして香りづけをしたら、あっという間に完成した。

それを皿に盛って、劉生と智也に渡《わた》す。

「おー、すごい。とっても美味《おい》しそうだよ」

智也が嬉しそうな声を漏らすが、扇奈は相変わらず警戒心《けいかいしん》の強い野良猫みたいに劉生の背中に隠《かく》れてしまった。

「扇奈、食べにくいんだけど」

後ろからTシャツを掴《つか》むせいで、首が引っ張られてしまう。

抗議《こうぎ》したが、扇奈はますます強く掴んできて、緩《ゆる》める気配はない。

仕方なく、そのままスプーンで五目チャーハンを口に運ぶ。

「うん、うまい」

丁寧《ていねい》に細かく刻んでいる包丁さばきや味付けはいつものように素晴《すば》らしいが、炭火の火力のおかげでとてもパラパラしている。チャーシューはしっかり焼き目が付きつつも中の肉汁《にくじゅう》は閉《と》じ込められて噛《か》み締《し》めればしっとりしているし、細かく刻んだタケノコや人参《にんじん》なども食感がしっかり残っている。今までの即席《そくせき》かまどで適当な木材を燃やしただけではこまでのものにはならないだろう。

中華《ちゅうか》料理は火が命、なんて言葉をどこかで聞いた記憶があるが、このかまどと炭の火力があったら、今まで以上に扇奈の料理は美味しくなりそうだ。

「伏見さん、美味しいよ。そのへんのレストランや食堂なんか目じゃないね」

これからのここでの食生活がますます豊かになると胸を高鳴らせながら五目チャーハンをガツガツ食べていると、智也も行儀《ぎょうぎ》よくスプーンを口へ運びながら感想を言った。

「……どうも」

「いやいや、お世辞じゃないよ」

つっけんどんな返答しかしない扇奈に、それでも智也は笑顔を崩《くず》さず、

「いやぁ、伏見さんって絶対にいい奥さんになるよね」

と本気なのか冗談《じょうだん》なのかわからないことを言い出した。

「……『奥さん』？」

扇奈の動きがピタリと止まる。

「だってそうでしょ、こんなに料理上手で、美人でかいがいしく世話を焼いてくれるんだもん。結婚《けっこん》したら絶対にいい奥さんになるよ」

「そ、そうかな……？」

劉生の陰からスルスルと扇奈の体が出てくる。

「チャーハンってシンプルな料理だけど、家庭的な料理とも言えるよね。こういう料理をあんなに手際よく作れるんだから、伏見さんはいい奥さんの才能があるよ」

「そう？　そうかな？　そうだよね？　聞いた劉生⁉　私、いい奥さんの才能があるんだって！」

智也におだてられて嬉しくなった扇奈がバシバシ肩を叩いてくる。痛い。

「さっきもさ、お茶を出す時に受け皿に載せて出してくれたよね。ああいう、お客が来た時のマナーが俺たちの年できっちりできるってすごいと思うよ」

「そーでしょそーでしょ！　私、そういうところはきちんとしているつもりなの！　でも、劉生はそういうところ全然気づいてくれないの！　劉生にもっと言ってやって！」

智也の言葉に乗せられて、扇奈はさらに喜びはしゃぐ。蛇使《へびつか》いに笛でいいように操《あやつ》られている蛇みたいだ。

「……いい奥さんの才能ってなんだよ」

ぼそりと言ったが、扇奈の耳には届かない。智也に掌《てのひら》の上で転がされているとは、ちっとも気づいていないのだろう。

もっとも、彼女が『いい奥さん』というものに憧《あこが》れを抱《いだ》くのは、少しだけ理解できる。

扇奈の母親は、夫が経営している会社の副社長という立場だ。当然のように多忙《たぼう》で、家事のほとんどは家政婦さんにお願いしている。仕事仕事で手料理も滅多《めった》に作ってくれない母親の事情を、娘《むすめ》は理解しているつもりだろう。だが、その一方で色々思うこともある。

だから、扇奈は家庭的な女性や奥さんに憧れを持っている。

……それにしたってチョロすぎるがな。

智也のおべっかに、とうとうピョンピョン飛《と》び跳ね始めた扇奈を眺《なが》めつつ、五目チャーハンを食べる。

「というか、もうすでにいい奥さんになってるって言っても過言じゃないと思うよ。伏見さんが奥さんで、劉生が旦那《だんな》さん」

「ホントに⁉ 傍《はた》から見たらもうそんな感じなんだ！ ねえねえ劉生！ どうするどうする⁉」

「あ、婚姻届《こんいんとどけ》提出する時は、是非《ぜひ》とも僕に証人やらせてね」

「うんうんうん！」

智也が燃料をポンポン投下して、扇奈がますますはしゃぐ。

「伏見さんはいい奥さんだけじゃなくていいお母さんにもなりそうだよね。子供にすごく愛情注ぎそう」

「そうだね！　私、自分の子供は大切にしたいなって思ってるの！　手作りのお菓子《かし》とか食べさせたいなってずっと考えているんだ！」

二人とも楽しそうだなぁ、などと思いつつ、劉生はチャーハンを食べ続けるのだった。

§§§§§§§§§§§§§§

扇奈は、劉生の友達のいつもニコニコしている小柄《こがら》な少年が嫌いである。

理由はただ一つ、劉生とすごく仲がいいからだ。

教室に行くとよく話している姿を見るし、週末にはちょくちょく泊《と》まりで遊んだりしているらしい。そして、何かあると頼《たよ》りにするのもこの少年だ。

扇奈は自分が劉生の一番の親友だと自負しているが、次点は間違《まちが》いなくこの少年だ。

もしも、彼《かれ》が女だったら、扇奈はありとあらゆる手を使って彼を排除《はいじょ》しただろう。

劉生を介《かい》してたまに話しかけることはあるし、劉生の友達だから無下《むげ》にはできないと話さないこともないが、内心嫉妬《しっと》の炎《ほのお》がメラメラ燃えていた。

しかし、おじいちゃんの家にやってきた彼は、すごくいいことを言った。

奥さんみたい、と。

扇奈は、将来劉生と結婚した時、いい奥さんになりたいと願っている。不器用なので、できないものはできない。たとえば、洗濯物《せんたくもの》をきれいに畳《たた》むなんてできっこない。掃除《そうじ》もチリ一つ残さずピカピカにするなんて、とてもじゃないけど自信はない。でも、できることはしようと思っている。料理はその最たるものだし、お客が来た時のおもてなしなども勉強してできるようになっておこうとしている。

今まで劉生はそういう細かいところを全然気づいてくれなかったし、評価してくれなかった。だから、ニコニコ少年がそこを劉生の前で褒《ほ》めてくれたのはすごく嬉しかった。たったこれだけのことで、今までの評価を覆《くつがえ》してもいい。

と同時に、考える。

おじいちゃんの家にお客を呼んで、私がもてなすって悪くないんじゃない？

今まで劉生が気づかなかった扇奈のアピールポイントをお客が気づいて、それを劉生に伝える。そういう図式ができたら、扇奈としてはすごくありがたい。

「……お客さん、かぁ」

がらんとしている居間を見回しながら、口に出してみる。

おじいちゃんが元気な頃《ころ》は、この家にもちょくちょくお客が来ていた。先日会った加賀老人もそうだが、おじいちゃんは友達がたくさんいた。両親が多忙でこの家に預けられることが多かった扇奈は、おじいちゃんに遊んでもらっていたが、おじいちゃんの友達にも遊んでもらっていた。

あの頃は、この家もなんだかんだで賑《にぎ》やかだった。十年も経《た》たないうちに、こんな風に無人で物音ひとつしないさみしい家になるなんて、誰も想像しなかっただろう。

劉生が直すことを決意し、二人が放課後や休日来るようになってから、この家はほんの少しだけ昔と同じように騒《さわ》がしくなった。でも、二人きりではこれ以上賑やかにはならない。

自分たち以外の人間が来るようになったら、ここはもっと昔のようになるのかな……？

抵抗《ていこう》がないわけではない。怖くないわけではない。

この家は自分と劉生だけの居場所にしたいという気持ちはある。劉生以外の人間とどう接すればいいのかよくわからない。

でも、ちょっとくらいならいいかもしれない。

最近、そんなことを少しだけ考える。

「……となると、おもてなしを考えなくちゃいけないかな」

ニコニコ少年には水筒《すいとう》のお茶とチャーハンをふるまった。たまたま水筒の中にまだお茶が残っていて、たまたまチャーハンを作るつもりだったからよかったが、いつもいつもあるわけではない。作業をしていたらお茶はあっという間に飲み干してしまうし、畑の野菜が収穫《しゅうかく》できるのはまだまだ先だから食材が常時あるわけではない。

できる奥さんは不意のお客にもサッと対応するはずだ。お茶とちょっとした食べ物くらいサッと出せるようにしておかなければならないだろう。

手っ取り早いのはペットボトルのお茶とお菓子を買って置いておくことだろうが、あまりお金は使いたくない。なんだか劉生のケチが移ってしまったみたいだが、まだまだ足りない調味料や香辛料《こうしんりょう》があるので、できればそちらにお金を回したい。

「今あの家にあるのって間引いた野菜とこの間採ってきたタケノコくらいだよね……」

スマホでレシピを見ながら呟《つぶや》く。

おもてなしの料理とお茶だけではない。この家には座布団《ざぶとん》もクッションもない。いつぞや寺町奏がやってきた時は板の間に直座《じかずわ》りさせてしまった。あの時は仕方がなかったが、あれはもうしたくない。問題は、扇奈は裁縫《さいほう》は全くできないということだ。

「……あの子、頼《たの》んだら座布団とか作ってくれないかな」

ふと、そんなことを呟き、自分で驚く。
ろくに話したこともない人にそんな頼みをするなんてあり得ない。考えられない。
……でも、あの子にならなら頼めるかもしれない。
そんな風にも思えてしまう自分が、扇奈はとても不思議だった。

3章　居場所

五月三日、劉生《りゅうせい》は旧伏見《ふしみ》家の居間に座って熱心に作業をしていた。

鉈《なた》を、繊維《せんい》に沿って竹に振《ふ》り下ろす。

鉈の刃《やいば》を半分以上食い込ませてから、柄《つか》をクッと捻るように力を入れると、パキリと小気味よく真っ二つに割れる。

半円状に割れた竹に、さらに鉈を入れて四分の一にする。そしてさらに、八分の一、十六分の一、三十二分の一に割っていく。竹が細長い帯状になると、それを小刀で削《けず》って角を取り、最後に紙やすりでこすって竹の固い繊維が刺さらないようにして完成だ。

「うーん……」

完成、としたものの、不満足だったりする。

断面を見ると、二等辺三角形のようになっているのだ。理想は、長方形である。しかし、そこまで丁寧に削るとなると、さらに時間がかかってしまう。

本心を言えば、自分が納得《なっとく》いくまで徹底的《てっていてき》に削りまくりたい。だが、そんなことをすれば、ゴールデンウィークの時間全てがそれに費《つい》やされてしまうだろう。このあたりで妥協《だきょう》するのが賢明《けんめい》か。

贅沢《ぜいたく》言うな、と自分に言い聞かせ、せっせと竹を割り、削っていく。

単純かつ力がいる作業だが、劉生はこういう根気がいる作業は嫌いではない。自分のやったことがしっかりと結果として現れるからだ。

勉強やスポーツは、それにかけた時間が多ければ多いほど結果もよくなるとは限らない。しかし、こういう作業は頑張った時間に比例して結果もよくなる。だから、こういう作業は好きだ。

黙々《もくもく》と、作業を続ける。

かなり集中していたらしい。

「ねえ劉生」

扇奈《せんな》に声をかけられて顔を上げた時、縁側《えんがわ》から差し込む日の光が橙色《だいだいいろ》になっていた。

「あのね、ちょっと相談があるんだけど——って、なにこれ？　パスタ？」

劉生の周辺に散らばる竹を削ったものを一つ手に取り、扇奈が怪訝《けげん》な顔をする。

「パスタじゃねーよ。竹ヒゴだ」

「竹ヒゴって、凧《たこ》を作る時に使うあれ？　小さい頃おじいちゃんと凧作りした時に使った記憶がある」

「俺が作っているのは、もっと平たくて幅《はば》のあるやつだけどな」

桜ケ丘《さくらがおか》の山に生えている竹は、加賀《かが》椋子《りょうこ》が教えてくれた通り、孟宗竹《もうそうちく》という種類の竹だ。スマホで調べてみたのだが、この竹はタケノコとして食すこともできるが、肉厚なこともあって竹細工の材料としても適しているらしい。

スマホで調べてそのことを知った劉生は、竹ヒゴを作ることにした。手間はかかるが、こうすれば色んな竹細工を作れるようになる。

「実際にやってどうなるかなと思ったんだが、竹って加工しやすいな。少なくとも普通《ふつう》の木よりは楽だ」

しなやかで弾力《だんりょく》があり、加工がしやすく、竹林に行けばいくらでも採れる。こんなに都合のいい材料はそうはない。昔から竹細工がたくさんあるのがわかる気がした。

「竹ヒゴくらい買えばいいのに。というか、完成品を買えばいいのに」

「そんな金はない」

「本音は？」

「やってみたかった」

「だと思った」

扇奈が何とも言えない表情になって、やれやれと嘆息する。

竹から竹ヒゴを作り、それを材料に何か作ってみたいのだ。自分で材料を調達するところから物作りをスタートさせるというのは、なかなかテンションが上がる。

「で、これで何を作ろうとしているの？」

「とりあえずはカゴだな。洗面所に置いて、脱衣《だつい》カゴにでも使おうかと」

今までこの家に風呂《ふろ》に入る時は、脱《ぬ》いだ服は床《ゆか》に置いておくしかなかった。何もないから置き場所もないのだ。もちろん床は掃除しているが、あまり気持ちのいいものではない。

それに……。

「カゴがあったら、私が下着を脱ぎ散らかさなくなるだろうし、とか考えている？」

こちらの心を読んだかのように、扇奈は的確に言い当ててきた。

「そーだよ。さすがのお前も、カゴがあったら下着脱ぎっぱなしなんてアホなことしなくなるだろうと思ったんだ」

不機嫌そうな表情を作ってみせるが、頬《ほお》が赤くなってしまうのも自覚する。

この家でちょくちょく入浴するようになってから、扇奈は非常に困るいたずらをするようになった。脱いだ自分の下着を廊下《ろうか》や洗面所の床に置いて、劉生に見つけさせるという、お前の羞恥心《しゅうちしん》は一体どこにあるんだというとんでもないいたずらだ。

こんなアホなことはやめろと何度も説教しているのだが、こちらのリアクションが楽しいのか、全然やめる気配がない。

床は、はっきり言えばきれいではない。カゴという清潔な置き場所ができたら、こんなしょうもないいたずらはやめてくれるんじゃないかと期待して、せっせと竹カゴを作っているのだ。

「脱衣カゴがあったら、そこに服や下着を入れるのは常識だよな？　それくらい、扇奈でもわかるよな？」

「なんかその言い方、私が非常識みたいで気に入らないなぁ」

「お前、自分が常識人と思っているのか？」

自分の下着を餌《えさ》に友人をからかうという行為《こうい》のどこに常識があるというのだろうか。

「劉生が悪いんだよ。どんな下着が好きなのか教えてくれないから」

「なんでお前に俺の好みを教えなくちゃいけないんだよ。死んでも教えねー」

劉生の好みは、面積が少なくてものすごくエロい下着だ。だが、そんなこと口が裂《さ》けたって言えるはずがない。

この少女、この家で二人きりでいることが多くなってから、いたずらやからかいの過激度がだんだん増している。ベタベタくっついてきたり、下着を見せようとしてきたり。

他人の目を気にする必要が全くなくなったせいでリミッターがぶっ壊《こわ》れたのだろう。楽しそうなのは結構だが、劉生にとってはえらい迷惑《めいわく》である。

「お前、カゴができたら使えよ。マジで。本気で。頼むから」

「どーしよっかなー」

楽しそうにニマニマ笑うところを見ると、この竹カゴは劉生専用になりそうだ。思わず嘆息してしまう。

「……で、俺に何か用があったんじゃないのか？」

この話題をこのまま延長しても分が悪いと感じた劉生は、強引《ごういん》に話題を変えた。

「あ……うん」

すると扇奈はからかいの笑《え》みを引っ込め、真剣な表情になった。

「用っていうか、相談なんだけど、この間、寺町《てらまち》さんがレンガを運ぶの手伝ってくれたじゃない。あれのお礼をしたいんだけど、何がいいと思う？」

「ああ、あれのことか」

奏《かなで》には、劉生が後日ありがとう助かったと言っている。そして、何かお礼がしたいんだがと言ったのだが、服のモデルになってくれていますから、と遠慮されてしまった。おそらく、奏本人はそれほど気にしていないのだろうが、こちらからすれば、あのレンガの重さはモデル程度では全然釣《つ》り合っていない。何かお返しをしなくちゃいけないなと劉生も考えていた。

「そうだな。できれば何かお礼はした方がいいだろうな。でも、ちょっとしたものでいいと思うぞ。多分、あいつはでかいお礼は拒否《きょひ》する」

扇奈も同じ意見なのか、コクリと頷き、

「だからさ、お弁当はどうかなって。お礼に食べ物って無難でしょ」

「扇奈の弁当か……。そうだな。すごくいいと思う」

プレゼントや金品は相手に気を使わせてしまうかもしれないが、食べ物は好き嫌《きら》いさえ見誤らなければ、お礼としては非常に使い勝手がいい。

「だけど、ちょっと意外だな。この前、智也《ともや》に五目チャーハンを食わせるのすごく嫌がってたのに」

「嫌だったわよ。あの人のペースに乗せられたみたいだったし」

あの時のことを思い出したのか、ぷくりと頬を膨《ふく》らます。

「でも、美味しいって言ってくれたのは嫌じゃなかった」

扇奈は、料理に対してはなみなみならぬこだわりと信念を持っている。

「それでさ、ここからが相談の本番なんだけど、女の子向けのお弁当って何を入れたらいいと思う？」

「……は？」

質問の意味がまるっきりわからず、怪訝な顔をしてしまう。

こいつは、俺に何を聞いているんだ？

料理は扇奈の専門分野で、劉生は門外漢だ。劉生が食べたいものを聞くならともかく、女子高生が喜ぶお弁当の中身を相談するなんて、的外れにもほどがある。

思い切り首を捻ると、扇奈はこちらの疑問をくみ取ったらしく、

「あのね、私が作るお弁当って、いつもターゲットが劉生なの。劉生が好きそうなお弁当ならいくらでも思いつくんだけど……」

「あー、そういうことか」

情けなさそうに後半の言葉が尻《しり》すぼみになる扇奈を見て、ようやく理解した。

普段《ふだん》扇奈は自分と劉生の弁当、もっと言えば劉生好みの弁当しか作らない。一般的《いっぱんてき》な女子高生が喜ぶお弁当を作ったことがないのだ。いつも通り男子高校生である劉生向けのお弁当を奏に贈《おく》っても、困った笑顔をされるのが関の山だろう。

「どう考えても、唐揚《からあ》げがぎっしり詰《つ》まった弁当を奏が食うとは思えないしな」

「でしょ。だから、困ってるの」

「つっても、男の俺に聞かれてもなぁ」

誰か相談に乗ってくれる女子がいればいいのだが、あいにく劉生の交友範囲《はんい》にそんな都合のいい人物は存在しない。

竹カゴ作りの手を完全に止め、うーんと考える。

たかがお弁当されどお弁当、だ。お礼とするならなかなか難しいかもしれない。

「じゃあ、二人で考えるかぁ」

スマホを取り出し、お弁当レシピのサイトを開いた。

二人してスマホの画面とにらめっこしながら、これがいいんじゃないかそっちがいいんじゃないかと延々話し合う。

「女子って結構カラフルだよな。ミニトマトとかパプリカ使って色を足しているっていうか。やっぱりああいうのが大事なんじゃないのか？」

「なんで他の女子のお弁当の中身を知ってるの？」

「教室で食べてる時に、他の奴《やつ》の弁当はどんなのだろってちょっと見たことがあるんだよ。あと、一品一品が小さくて一口サイズだよな。大口を開けたり口の周りを汚《よご》したくないってことなのかもしれないよな」

「他の女子がお弁当食べているの見てるの⁉」

「え、なにその浮気《うわき》に気づいた嫁《よめ》みたいなリアクション」

結局、お弁当の中身を延々論議し続けて、その日は竹カゴ作りは全然進まなかった。

ゴールデンウィークが明けた五月六日、廊下に呼び出された劉生は、扇奈に弁当の包みを押《お》し付けられた。

「これ、劉生が渡してよ」

いつも劉生に作ってくれる弁当よりも二回り小さい。奏のためのお弁当だ。

劉生は一度受け取った弁当をすぐに突《つ》き返す。

「渡してもいいけど、渡して、はいさようならとはならないぞ。俺と奏が二人きりで昼飯食べるぞ。そしてお前はぼっち飯になる」

「それは絶対に嫌」

「だったらお前も来い」

「……うん」

渋々扇奈はお弁当を受け取った。

四時間目の授業が終わると、奏はいつもそそくさと教室を出ていく。以前はどこに行くか興味なかったし、どこに行っているのか皆目見当《かいもく》がつかなかった。だが、今なら断言できる。

四階にある空き教室だ。

そこは本来は使わない机や椅子《いす》を保管しておくための場所で、生徒が立ち入れる場所ではない。しかし奏は、学年トップの成績という武器を駆使《くし》して、この空き教室を自分だけのプライベートエリアにしてしまっている。

扇奈同様友達がいない彼女《かのじょ》が二年一組の教室以外で昼食を取るとしたら、ここしか考えられない。

扇奈を伴《ともな》った劉生が空き教室の戸をノックすると、案の定中から奏の声が聞こえてきた。

「……どなたでしょう？」

「俺《おれ》だ。劉生だ」

「りゅ、劉生君？　少々お待ちを」

名乗ると、奏が驚《おどろ》いた声を漏《も》らしつつ、慌《あわ》てて空き教室の戸を開けてくれた。

「どうされたんですか？　……あ」

劉生の後ろでモジモジしている扇奈に気づき、軽く目を見開く。

「とりあえず、中に入れてくれるか？」

「あ、はい。どうぞ」

混乱気味の奏に招じ入れられ、空き教室の中に入る。入った途端《とたん》、コーヒーの香《こう》ばしいにおいが鼻をくすぐった。

空き教室の後ろ半分は使用しない机と椅子がうずたかく積み上げられているが、前半分は机と椅子がワンセット、ポツンとあるきりだ。

その机の上には、服飾《ふくしょく》の本とコーヒーカップと、ブロック状の栄養補助食品の黄色い箱が置かれていた。

「もしかして、これが昼飯か？」

栄養補助食品を指さして尋《たず》ねる。

「はい、あれがわたしの昼食です」

「あんなので足りるのかよ」

劉生だったら、あれが十箱あっても足りそうにない。

すると奏は、諦《あきら》めと慣れがない交ぜになった苦笑《くしょう》を浮《う》かべながら、

「親が、満腹になるまで食べたら消化のために胃に血がいってしまって頭が働かなくなる、そうなると午後の授業に差し障《さわ》る、と言うんです。ですから、栄養を必要最低限摂取《せっしゅ》できるこれにしろと」

「奏には悪いが、奏の親って馬鹿だろ」

「否定できません」

育《そだ》ち盛《ざか》りの高校生がこんなもので足りるはずがない。逆に腹が減って授業に集中できなくなってしまう。

奏が小柄で貧相《ひんそう》な体なのは、遺伝とかではなく、こういうおかしな食生活に起因しているのかもしれない。

親がおかしいと、子供は苦労するな。

劉生はうんざりしながら心の中で思った。自分の親もおかしいのでものすごく共感してしまう。

だが、今日に限って言えば、奏の貧しい食生活は好都合だ。

「ここに来た理由なんだけどな、こいつが、奏に用があるって言うんで連れてきた」

劉生は、隣《となり》で居心地《いごこち》悪そうにしている扇奈の背中を押した。

「え、ちょっと、劉生……！」

全部劉生が交渉《こうしょう》してくれると思っていた扇奈が、無理無理無理と激しく首を横に振る。

「お前が言いだしっぺなんだから、お前が言えよ」

それだけ言って、劉生は教室の隅《すみ》の方に移動してしまった。

扇奈が恨《うら》めしそうにちょっと睨《にら》んでくるが無視する。

どうやら劉生が助けてくれないと悟《さと》った扇奈は観念して奏の前に立った。

「え、ええと、寺町、さん」

「は、はい」

名前を呼ばれて、奏の背筋がピンとまっすぐになる。

彼女も友達がいないボッチ人間だ。こういうシチュエーションには不慣れなのだろう。

彼女らしからぬ面持《おもも》ちで、目がキョロキョロと泳いでいる。

「…………」

「…………」

二人の少女がソワソワと落ち着かない様子で無言で立ち尽《つ》くす。

こういうシーン、どこかで見たことあるな。

そんな扇奈と奏を眺めながら、劉生はこっそり思った。一体いつだろうと頭の中の記憶《きおく》をほじくり返す。

そうだ、バレンタインの日だ。チョコを渡したいのになかなか渡せない女子と、どうすればいいかわからない男子にそっくりだ。

「この間は手伝ってくれてありがとう！　これ、よかったら食べてください！」

やがて、思い切った扇奈がお弁当の包みをグイと差し出す。

「あ、あの、わたしに、ですか」

まるで予想外だったのだろう。どう反応すればいいのかわからず、壊れたロボットみたいにぎこちない動きで劉生の方を見てきた。

……お前も俺に助けを求めるのかよ。

二人揃《そろ》って、本当に対人能力が著《いちじる》しく欠けている。

「嬉しかったらもらえばいいいし、嫌《いや》なら遠慮《えんりょ》すればいい」

劉生がそう言うと、

「嫌なんてそんな！　え、ええと、ありがたくいただきます」

奏はおずおずと手を伸《の》ばし、お弁当を受け取った。

「開けてみていいですか？」

「う、うん。どうぞ」

クリスマスプレゼントをもらった子供のように目を輝かせながら、包みを開ける。

弁当箱の中身は、一口サイズにカットされたサンドイッチだった。パンに挟《はさ》んでいる具は多種多様で、色とりどりだ。見ただけで美味しいとわかってしまう。

「空になったお弁当箱は劉生に渡してくれればいいから。別に洗わなくていいし」

「じゃあな、奏」

劉生と扇奈は、自分たちも弁当を食べるために教室を出ようとする。

それを、奏が呼び止めた。

「あの、よかったら、一緒《いっしょ》に食べませんか？　コーヒーくらいはお出しできます」

と、教室の隅に置いている電気ポットを指し示す。この優等生、この空き教室を完全に私物化していて、電気ポットやインスタントコーヒーなどをこっそり持ち込《こ》んでいるのだ。

「扇奈、どうする？」

「……感想聞きたいし、寺町さんがいいなら」

案外素直《すなお》に扇奈が首を縦に振り、三人で一緒に昼食を食べることになった。

教室後方から椅子を二脚《きゃく》引っ張り出し、奏の向かいに劉生と扇奈が隣《とな》り合って座《すわ》る。

「……何にも知らない人間には、今の俺の状況《じょうきょう》ってすごくうらやましく見えるんだろうなあ」

二人の少女を交互《こうご》に見ながら、思わずそんなことを呟く。

「劉生、なんか言った？」

「いや別に」

扇奈は月に一、二度は告白される美少女だし、奏もよくよく見ればなかなかに可愛《かわい》らしい。

そういう少女二人と昼食を取っている。

一見、まるでハーレム漫画《まんが》にあるようなシチュエーションだ。だが、劉生に浮《うわ》ついた気持ちは一切《いっさい》ない。なぜなら、扇奈と奏だからだ。この二人の少女がコミュニケーション能力ゼロなのは、嫌というほど知っている。ここは俺が取り仕切らなければ、という責任感だけが胸に宿る。

まるでお見合いの仲人《なこうど》みたいだな。

内心、そんなことを思いつつ、自分の分の弁当箱を開けた。

中身は、奏のと同じくサンドイッチだった。ただし、サンドイッチだけでなく、ミニハンバーグや卵焼き、ミニトマトといったおかずがプラスされている。男の子はサンドイッチだけでは足りないはず、との配慮《はいりょ》からだろう。

「…………」

サンドイッチに手を付けず、弁当箱の中身をジッと見つめていると、扇奈がウェットティッシュで手を拭《ふ》きながら、

「どうかした？　劉生」

「いや、こういう気づかいはできるのに、どうして普段はがさつなんだろうと思ってな」

「それ、もしかしなくても私の悪口？」

「悪口じゃなくて、厳然たる事実を口にしただけだ」

「なおさらひどい！　いつ私ががさつなことをやったって言うの⁉」

「奏の前で百個くらい言ってやろうか？」

「……ごめんなさい。さすがに恥《は》ずかしいです」

二人のやり取りを眺めていた奏が、クスクスと笑いだした。

「仲がいいんですね、お二人は」

「仲はいいつもりだが、今のやり取りを見てそう思うのなら、奏の目はおかしい」

「そんなことはないですよ」

劉生が半眼になりつつ言うと、奏は笑いこそ引っ込めたが、自分の意見を翻《ひるがえ》そうとはしなかった。

「がさつなところを百個言えるって、劉生君は伏見さんのことをよく見ていないと不可能ですよ」

「…………」

そう言われると、否定しにくい。嘘《うそ》でも誇張《こちょう》でもなく、扇奈のがさつなところをそれくらい列挙できてしまうからだ。

「お二人は、運命と言ってもいいくらい相性《あいしょう》がいいのでしょうね。そういう人を人生の中で一人でも見つけられるってすごいことだと思います」

「運命って、さすがにそれは言いすぎだろ」

友達というものに憧れを持っている奏だから、こういうことを言いたくなるのかもしれないが、言われる方はなんとも気恥《きは》ずかしい。

ところが、相方の方は恥ずかしがることなく、体をくねくねとよじらせながら喜びを表現し始めた。

「え～、やっぱりそうかなぁ？　私と劉生って運命的な関係に見えちゃう？　ものすごく仲良く見えちゃう？」

「おい扇奈、リアクションが智也の時と全く一緒だぞ」

半眼になってつっこんでやるが、聞く耳なんか持っていない。

「寺町さん、私たちのことよく見てるんだね！　あ、サンドイッチ足りる？　よかったら、こっちの分も食べていいよ！」

「それ俺の！」

奏の前に差し出されそうになる弁当を慌てて死守する。

ったく、本当にチョロいな扇奈は！

パク
パク

とはいえ、これで気をよくした扇奈は奏と打ち解けたらしく、それから昼食を取りながら少しずつ言葉を交《か》わすようになっていった。

「ねえねえ、教室での劉生ってどんな感じなの？　私、小学校以来同じクラスになったことがないから全然知らないんだ」

「そうですね。以前は、授業中はほとんど寝《ね》ていましたが、最近は何かを一生懸命《いっしょうけんめい》ノートに書き込んだりしています」

「あー、あの家の修理計画を考えているんでしょ」

「そうなんですか。わたしとしては、寝ていてくれた方が観察しやすくてよかったんですが。劉生君、寝るとほとんど動かないんです」

「え、動かないんだ。なんか寝相《ねぞう》悪そうなイメージあるのに。ちょっと意外」

「動かない方が服越《ご》しに体のラインを想像しやすいので、わたしには都合がいいです。やはり着てくれる相手を見ながらの方が、どんな服を作ろうかという構想がはかどります」

「来月からは夏服になるしね」

「そうなんです！　わたし、六月が楽しみで楽しみで」

自分がネタにされるのはいい気はしないが、友達がいない二人の少女が仲良くおしゃべりをするのはいいことだ。

劉生は昼食の間、ずっと無言でサンドイッチをほおばり続けた。タケノコのシャキシャキとした歯ごたえが心地《ここち》いい。

「──ごちそうさまでした。すごく美味《おい》しかったです」

弁当箱の中身を綺麗《きれい》に空にした奏が合唱をし、それから扇奈に頭を下げる。

「こんなに美味しいサンドイッチ、生まれて初めて食べました。こんな素敵《すてき》な料理を作れる伏見さんは本当にすごいです」

「これしか取り柄《え》ないけどね」

「それを言うなら、わたしもです。裁縫しかありません」

「勉強もあるじゃない」

「勉強は別に……」

と、奏は苦笑した後、ぺこりと頭を下げた。

「学校で誰《だれ》かと一緒にご飯を食べるなんて初めての経験でしたが、楽しかったです。本当にありがとうございました」

「そっか。楽しかったのなら何よりだ。また今度一緒に食おうぜ。なあ扇奈」

「……まあ、たまにならね。ここ、他人の目を気にしなくていいし」

片付けがあるからお先にどうぞ、と奏が言うので、劉生と扇奈は一足先に教室に戻《もど》ることにした。

「今日の昼飯もうまかったぞ。タケノコ使ったサンドイッチは完全に予想外だったけど」

「びっくりしてくれた？　タケノコって和食か中華《ちゅうか》が多いから、どうにか洋食に使えないかなってレシピ調べたんだ」

「タケノコって、いくらでも料理あるんだな。炊《た》き込みご飯と煮物《にもの》くらいかと思ってた。この間山ほど採ってきて正解だったかもな」

「でしょー？」

そんなことを話しながら廊下を歩いていると、背広姿の教師とすれ違《ちが》った。

「よお高村《たかむら》」

「あ、どーも」

今朝のホームルーム以来の担任だ。

軽く会釈《えしゃく》をしてそのまま行こうとしたが、ふと気になって足を止める。

なんで四階に教師がいるんだ？

四階は空き教室ばかりで、教師が用のある階ではない。

「劉生？」

「ちょっと待て」

廊下で立ち止まったまま、担任教師がどこに行くのか目で追いかける。

すると、担任教師は、たった今劉生と扇奈が出てきたばかりの空き教室の戸をコンコンとノックした。

「はい。……あ、先生」

戸を開けた奏の顔が、相手が担任だと気づくとスッと強張《こわば》る。

「寺町、この間話した件だが、やはり正式に決まった」

「そうですか」

「すまないな。これはかりはどうにもならないことだ」

「いえ、こちらこそ今までありがとうございました。おかげで勉強がはかどりました」

「早速《さっそく》今日の放課後から使いたいらしいから、後で鍵《かぎ》を返却《へんきゃく》しに来てくれるか」

それだけ言うと、担任教師はさっさと行ってしまった。

「今のって」

扇奈がポツリと呟く。

廊下を引き返し、奏の元に戻る。

どういうことなのか、おおむね想像はできた。だが、奏の口から直接聞きたかった。

「奏、今の担任、どうしたんだ？」

戸口に立ち尽くしたままの奏に声をかけると、彼女は寂《さび》しそうな笑顔《えがお》をわずかに浮かべた。

「ここの教室、使えなくなりました」

§§§§§§§§§§§§§§§§

今まで自分一人だけが使っていた空き教室から、生徒たちの楽しそうな声が聞こえてくる。

「やっと部室が手に入ったね！」

「後ろ半分椅子と机で使えないけど、まあ、十分かな？　どうする？　魔法陣《まほうじん》とか描《か》いちゃう？」

「あ、それおもしろそー」

「待って待って。まずは部長を決めないと。やりたい人手を挙げて！」

「私やりたい！　内申書《ないしんしょ》に部長を頑張《がんば》りましたって書かれるでしょ？」

「オカルト研究会の部長って内申書のプラスになるかなぁ？」

昨日まで静かだった部屋とは思えないくらい賑《にぎ》やかだ。そして、実に楽しそうで、やる気に満ち満ちている。

「…………」

奏は、通学カバンをギュッと握《にぎ》ると、振り返ることなくその場から去った。

空き教室が使えなくなるかもしれないとは、少し前から聞かされていた。

市立木ノ幡《このはた》高校はごくごく普通の高校だが、部活動が非常に盛《さか》んという特徴《とくちょう》がある。別に全国を目指しているとか金賞受賞を狙《ねら》っているとかそういうギラギラした意味合いではなく、純粋《じゅんすい》に学生の課外活動として、学生たちがしたいことをして盛況《せいきょう》なのだ。

運動系はグラウンドや体育館で朝も放課後も汗《あせ》を流して練習に打ち込んでいるし、文化系もそれぞれの技術を磨《みが》いたり研究に勤《いそ》しんだりしている。みんなやる気に満ちていて、放課後の木ノ幡高校は、日中より活気に満ちているかもしれない。

学校側も、そういう気風を後押《あとお》ししようと、できる限りのサポートはしてくれている。新しい部を作りたいと申請《しんせい》すれば、よほどおかしな活動内容でなければ認可《にんか》してくれるし、予算が許す範囲内《はんいない》で部費も出してくれる。そして、部室もきちんと与《あた》えてくれる。

勉強一辺倒《いっぺんとう》で部活動をないがしろにする学校も多い中、部活動も大事にしてくれる木ノ幡高校はいい学校と言える。

だが、ここ数年、その賑わいぶりが一つの弊害《へいがい》を生んでいた。部室が足りなくなってしまったのだ。

部活動をするのに、活動する場所がないなんて、こんなに悲しいことはない。学校側は放課後使用しない特別教室を開放したり、使用していない空き教室を使えるようにして、なんとかやりくりしてきた。

そして、とうとう奏が使っている空き教室にも白羽の矢が立った。

新しく部活動をしようとしている生徒たちと、勝手にプライベートエリアにしている奏一人。どちらに空き教室を使う資格があるか、誰が見たって明らかだ。

だから、奏は一切抗議《いっさいこうぎ》の言葉を口にしなかった。

教師に空き教室の鍵を返してくれと言われても、わかりました今まで使わせていただきありがとうございましたとお礼を言って素直に鍵を返却した。

そして、奏は、自分だけの居場所を失った。

教科書だけでなく、裁縫《さいほう》道具や電気ポットも入っているので通学カバンはパンパンだ。とても重い。

「また裁縫ができる場所を探さないと……」

裁縫をやめるという決断はあり得ない。

奏にとって、裁縫は半身と言ってもいいほどの存在だ。これを放棄《ほうき》するということは、今の自分を半分捨てるのと同義である。

放課後に家の外で裁縫をしようとするなら、家庭科部に入部するか、自分のクラスである二年一組の教室でするか、このどちらかが無難だろう。学年トップの成績を保持し、普段は勉強している姿しか見せない自分が裁縫をし始めたらきっと教師や同級生たちは驚くだろうが、そこは別に問題ではない。問題なのは、彼《かれ》らを経由して自分の親に裁縫のことが知られてしまったら、ということだ。

奏の両親は、自分たちの娘《むすめ》が優秀《ゆうしゅう》だと気づくと、たくさん勉強させて一流の大学に入れて、一流の企業《きぎょう》に入社させることしか考えないような親だ。裁縫なんて勉強の足しにならないものに娘が執心《しゅうしん》だと知れば怒《いか》り狂《くる》い、必ずや取り上げるだろう。そして、今の奏に彼らの怒りに対抗《たいこう》できるほどの力はない。彼らは保護者で、自分は保護される側の立場なのだから。

同級生の中には、近所に住んでいる子がいる。教師と親は、学期末に必ず三者面談で顔を合わせる。そこから親に知られる可能性は十二分にあり得る。そう考えると、毅然《きぜん》と家庭科部に入部したり、堂々と教室で生地《きじ》を広げるのは二の足を踏《ふ》んでしまう。

やはり、どこか誰にも気づかれないところで、こっそりと裁縫をするのが安全だろう。

まずは、校内でいい場所はないかと探すことにした。

「校内のどこかを探せばきっと一人になれる場所ありますよね」

自分をそう励まし、重たいカバンを肩《かた》に提《さ》げ、学校の中をウロウロ歩く。

今まで部活動もしてこなかったし、友達と放課後残っておしゃべりなんてこともしたことがない。だから、どこが一人きりになれる場所なのか、全然わからない。だが、どこかにあるはずと信じて、とにかく足で探すしかなかった。

真っ先に思いついたのは、校舎の裏側だった。

だが、案外校舎裏には人がいた。本校舎の裏は部活をサボっている運動部の男子たちがたまっていたし、新校舎の裏側には女子の集団がお菓子《かし》を食べながら談笑《だんしょう》していた。体育館の裏手も見てみたが、バスケ部がストレッチをしていた。部室棟《とう》はどうだろうと足を延ばしてみたが、こちらも演劇部が発声練習をしていた。

木ノ幡高校の敷地《しきち》の中をグルグル回る。放課後だというのに、思いのほか生徒の数は多い。勉強をしたり、部活をしたり、おしゃべりをしたり。それぞれがそれぞれのしたいことをしている。

「わたしも、したいことをしたいだけなんですけどね」

なのに、その場がない。

理不尽《りふじん》とは思わない。

自分だけが不幸だとは思わない。

これはわがままなのだと自覚している。学生の本分から外れ、勉強を疎《おろそ》かにし、自分がしたいことをしようとしている。

服のデザインを考えるのが好きだ。

型紙を作るのが好きだ。

服を縫《ぬ》うのが好きだ。

自分の手から素敵な服を生み出すのが、たまらなく楽しい。

自分が作った服が人の体を包むのを見ると、この上ない幸福感を覚える。

劉生たちに運命という言葉を使ったが、自分にとっては裁縫との出会いが運命だったのだと確信している。

故に、諦めるという考えはつゆほども浮かばない。裁縫をするためにはどんな努力だってする。

探しに探して、プールの裏手を見つけた。木ノ幡高校には水泳部はあるが、まだオフシーズンだ。とりあえずは、人が来そうにない。雑草だらけで視界も悪いから誰かが通りかかっても見つかりにくいのも都合がよさそうだ。

「さて、それでは始めましょうか」

適当な場所にハンカチを広げてそこに腰《こし》を下ろす。

現在、劉生に合わせた服を制作中だ。彼の体は本当に素晴《すば》らしい。実に平均的で日本人的だ。見ているだけでも非常に勉強になる。当面の目標は、彼の体にピタリとフィットする服を作り上げることだ。

カバンの中から縫いかけのズボンを引っ張り出し、丁寧《ていねい》にゆっくりと確実に縫っていく。

奏は自分に裁縫の才能がないことを自覚している。そのため、常に基本の手順を頭の中で思い浮かべながら、それに倣《なら》って縫っていく。そうしなければ、あっという間に失敗してしまう。

一針一針。丁寧に……。

「……あ」

布が縒《よ》れてしまった。

奏がミスしたわけではない。生地が汗のせいで手に張り付いてしまったのだ。

ここは空き教室と違って屋外だ。日差しがある。おまけに生《お》い茂《しげ》る雑草のせいで湿度《しつど》が高い。汗をかきやすい条件が揃っているのだ。

あの教室だったら、こんなことはなかったのに。

そんなことを、ちらりと考えてしまう。

だが、それはわがままであり贅沢《ぜいたく》だ。口にすべきではない。

手汗《てあせ》をぬぐい、裁縫を再開する。

何針か縫い、手汗を拭き、また縫う。

手間取る。思ったように進まない。だけど、縫える。文句を言ったって始まらない。

黙々《もくもく》と縫い続ける。

ここも、贅沢を言わなければ居場所になりそう。

そう思った矢先のことだった。

ブ……ン。

独特の羽音が奏の耳朶《じだ》を震《ふる》わせた。

集中していたが、看過できない音だ。体が危険を知らせて、音がした方に顔を向けさせる。

雑草の隙間《すきま》から、ホバリングしてこちらを窺《うかが》っている凶悪《きょうあく》な人相の蜂《はち》がいるのを見つけてしまった。

「スズメバチ……！」

明らかに奏の存在に気づき、警戒《けいかい》している。

ブ……ン。

もう一匹《ぴき》、飛来する。

「ここは、危ない……！」

ひょっとしたら、この近くに巣があるのかもしれない。そうだとしたら、ここに居続けるのはあまりに危険だ。

奏は素早《すばや》く縫いかけの生地と裁縫道具をカバンに詰め込み、スズメバチを刺激《しげき》しないようにそっと静かに、できるだけ急いでその場を離《はな》れた。刺《さ》されたら裁縫どころの話ではなくなってしまう。

カバンを抱《かか》えて校舎近くまで逃《に》げて、スズメバチが追ってきていないのを確認《かくにん》して、ようやく安堵《あんど》の息をつく。

「……まさか、校内でスズメバチと遭遇《そうぐう》するなんて」

不幸と言えば不幸だが、あれだけ生い茂った草むらではスズメバチ以外の虫や蛇《へび》がいないとも限らない。あそこで裁縫をするのはどのみち危険だったはずだ。

残念とは思った。だが、スズメバチに対して、不思議と怒りの感情は湧《わ》いてこない。

あそこは彼らの居場所で、自分が後から入り込もうとした侵入者《しんにゅうしゃ》だったからだ。

§§§§§§§§§§§§§§§§

「自分の居場所がないってつらいよな」

放課後、旧伏見家に行く途中《とちゅう》、橋の下でチクチクと服を縫っている奏を発見した劉生はつくづく思った。

奏が置かれている環境《かんきょう》は、決して悲惨《ひさん》なものではない。衣食住揃っているし、学校にも通えている。お小遣《こづか》いだってもらえているし、スマホだって持っている。世の中には、他の友達が当たり前のように持っているものさえ持てず、つらい学校生活を強《し》いられている十代はたくさんいる。学校に通うことさえままならない十代だっている。そういう者たちと比較《ひかく》すれば、好きな裁縫を思う存分できる場所がないなんて、ちっぽけな不満だ。

しかし、他者から見ればちっぽけでも、奏にとっては何より大切なことなのだ。

奏はその不満から脱却《だっきゃく》するために抗《あらが》い続けている。勉強ばかりさせようとする親の目から逃《のが》れ、学校では教師をだまして空き教室を確保し、それがダメになってもへこたれることなく裁縫できる場所を探し続けている。

誰かに八つ当たりするわけでもなく、愚痴《ぐち》をこぼすでもなく、今の自分にできる範囲《はんい》で頑張っている。当たり前のことのようで、なかなかできることではない。

普通《ふつう》の人間は、納得《なっとく》できない環境に放り込まれたらどうして自分だけがこんな目に遭《あ》うんだと言いたくなる。他人をうらやましく思い、妬《ねた》ましくなる。

だが、彼女はそういう無益な呪詛《じゅそ》を口にしない。

「…………」

隣で同じく奏を見つめている扇奈の方にチラリと目を向ける。

こっちの少女は、どう思っているのだろうか。

きゅっと唇《くちびる》を噛《か》み締《し》め、橋の下で人目につかず一生懸命服を縫おうとしている奏を見る目には、何かの感情が浮かんでいる。だが、その感情が何なのか、わからない。

「……なんかね、どうしてなのか私にもわからないんだけど、あの子、気になっちゃうの」

夕日のせいで橙色《だいだいいろ》に染まった扇奈がポツリと言った。

「私、劉生以外の人間ってホントに興味湧かないの。全然どうでもよくって、どうなろうが、どう思われようが、『あっそう』の一言で片づけられるの」

それは、中学時代につらい目に遭った彼女が自分を防衛するために覚えた術《すべ》の一つだ。どうでもいい相手に何を言われようとも平気、関係ない人間に心をすり減らす必要はない。

「でも、あの子はどうしても気になっちゃうの」

明るく奔放《ほんぽう》な扇奈と真面目な秀才《しゅうさい》の奏。一見タイプが正反対に見える。だがその実、二人はよく似ている。不得意なことを努力で得意なことに昇華《しょうか》させたこと、そうなるまでくじけることなく努力し続けられる根気強さ、どんな逆境に置かれようとも自分を捻《ね》じ曲げない芯《しん》の強さ。二人の少女は、そういうものを持っている。

「二人とも、ぼっちだからだろ」

「……そうかもね」

劉生はわざと冗談《じょうだん》めかして言うと、扇奈も少し笑った。

「私もぼっち。あの子もぼっち。うん、一緒ね。違うのは、私には劉生がいてくれるけど、あの子にはいないってこと」

大した違いではない、と謙遜《けんそん》したいが、たった一人でも心から信頼《しんらい》できる親友がいるというのは、とても大きなことだ。

「ね、劉生」

ダボダボのセーターの裾《すそ》を翻しながら、扇奈が体を劉生の方に向けてきた。

「数少ないぼっち仲間を、ほんの少し手助けしたいんだけど、力貸してくれる？」

「ああ、もちろん」

頼《たの》みの中身が一体何なのかろくに聞かないまま、劉生は気軽に応じた。

翌日の六時間目が終わった直後、劉生は教科書とノートをカバンに詰《つ》め込んでいる奏に声をかけた。

「奏、一つ頼みがあるんだけど。中間テストが近いだろ。よかったら、俺《おれ》と扇奈の勉強を見てくれないか？」

「勉強、ですか」

奏が意外そうに劉生の顔を見る。

「なんだよ、俺たちだってテストの点くらい気にするっての」

「あ、いえ、そういう風に思ったわけではないです。そういうお願いをされたのが生まれて初めてだったので、びっくりしてしまっただけです」

慌《あわ》ててパタパタ手を振《ふ》り弁明する。

「そうなのか？　学年トップだったら、頼《たよ》られそうなイメージあるけど」

「……わたし、話しかけにくいそうなので」

ちょっと悲しそうに目を伏《ふ》せる。

奏には申し訳ないが、わからなくもない。モデルになってほしいなんて奇妙《きみよう》な頼みをされなければ、劉生もこうやって奏と話をするなんてなかっただろう。話してみれば、話しかけにくいとか話しにくいとか、そういうことは全然ないのだが。

「俺は奏に話しかけられるから、フツーに頼むぞ。俺も扇奈も今回はちょっとヤバそうなんだ。だから助けてくれ」

嘘ではない。劉生も扇奈も旧伏見家での作業にかまけて、最近勉強が疎かになっている。二人とも成績の良《よ》し悪《あ》しに一喜《いっき》一憂《いちゆう》するタイプの生徒ではないが、赤点になってもいいやと開き直れるほどの度胸は持っていない。

「今度のテストのヤマを教えてくれるだけでもありがたいんだけど」

顔を覗《のぞ》き込むように伺《うかが》うと、彼女《かのじょ》はちょっと考え込みながら、

「わたしは範囲内の全てを頭に叩《たた》き込んでテストに臨《のぞ》むので、このへんが出そう、とかそういうのは一切わかりません」

「……スゲェ」

学年トップは伊達《だて》ではない。

「ですが、絶対に覚えておくべきポイントというものはわかります。そこを教えるのでよろしければ、力にならせてください」

「お、おう、それでもすごい助かる。頼めるか」

奏と連れ立って、自転車置き場に向かう。

「勉強会をするのは全然構わないのですが、どこでやるんですか？　ファミレスとかでし

ようか」

「いや、北区《きたく》のあのボロ家でやる」

そう答えてから、ふと気になって聞いてみる。

「……ファミレスがよかったのか？」

「よかった、というほどではないのですが」

と、奏は苦笑《くしょう》交じりに、

「ファミレスで勉強会をしている学生さんっているじゃないですか。ちょっと興味があったもので」

「言っとくけど、ファミレスでの勉強会って全然勉強はかどらないぞ。店員の視線が痛いし、他のお客はうるさいし、全然集中できない。すぐに勉強をやめて雑談するのがオチだな」

「それでも、いえ、だからこそ、興味があります」

友達と何度か経験がある劉生からすると、別に大したことではないのだが、したことがない人間は憧《あこが》れてしまうものなのかもしれない。

「じゃあ、期末の時はそっちで頼む」

自転車に乗って旧伏見家へ向かう。

だいぶ慣れてきた劉生はかなりのスピードを出せるが、奏は不慣れだ。少し速度をセーブした方がいいかと思ったが、彼女の自転車も扇奈と同じく電動自転車だった。

緑を含《ふく》んだ五月の風を全身に受けつつ北へ自転車を走らせていると、顔を曇《くも》らせた奏がふと聞いてきた。

「あの、北区のあのおうちですけど、わたしは行っていいのでしょうか。この前、伏見さんに、ここには来ないでと言われたんですけれど」

そういえば、この前奏が突如《とつじょ》やってきた時に扇奈はそんなことを言っていた。

「いいんだ。きちんと許可はもらっている。というか、そもそもの言いだしっぺはあいつだし」

「では、伏見さんはもう？」

「先に行ってる」

「そうですか」

奏の声が弾《はず》んだと感じたのは、劉生の希望的観測だろうか。

三十分ほどで旧伏見家に到着《とうちゃく》する。

「扇奈ー、連れてきたぞー」

劉生が呼びかけると、扇奈が緊張《きんちょう》した面持《おもも》ちで出迎《でむか》えてくれた。

「い、いらっしゃい。急に呼び出してゴメンナサイ」

「い、いいえ、とんでもないです」

扇奈は言葉の発音が怪《あや》しいし、奏は壊《こわ》れたオモチャみたいに何度も何度もペコペコと頭を下げまくる。

二人とも、思い切り挙動不審《きょどうふしん》でぎくしゃくしていた。

……なんだかなぁ。

こうやって二人を並べて見ていると、見た目は全然違うが、よく似ていると思ってしまう。

「奏、とにかく上がってくれ」

「そ、そうですね。おじゃまします」

劉生に促《うなが》され、奏は真っ白なスニーカーを脱《ぬ》ぐ。そして、脱いだそのスニーカーを揃《そろ》えている際に、土間にあるレンガ造りのかまどに気づく。

「これ、ひょっとして、この間のレンガで作ったんですか?」

「そうそう。奏が運ぶの手伝ってくれたのが、今こうなっている」

「へえ……思った以上にきちんとした素敵なかまどになっていますね。ちょっと驚《おどろ》きです。こういうの、素人《しろうと》でも作れるんですね」

珍《めずら》しげに眺《なが》めながら、感心したように呻《うめ》く。そして、居間に上がって、畳《たたみ》の上に鎮座《ちんざ》する丸いちゃぶ台に気づく。

「これも、以前はありませんでしたよね」

「作った」

「こっちもですか」

奏が目を丸くする。

ちゃぶ台は、ゴールデンウィーク中に作り上げたものだ。きちんとしたかまどが出来上がった以上、落ち着いて畳の上で食事ができるちゃぶ台が欲《ほ》しくなった。

最初、扇奈は難色を示した。テーブルと椅子《いす》があるんだからいいじゃない、と。しかし、あれは二人用で、この間の智也のように誰かが来た時には小さくてとても使えない。そのことを訴《うった》えると、彼女は少し考え込《こ》んだが、確かにお客さんが来た時きちんとおもてなしできなかったら、奥《おく》さん失格だよね、とあっさり納得してくれた。智也の「奥さんみたい」という言葉の魔力《まりょく》がいまだに効果を発しているらしい。

「劉生君は何でも作れるんですね。尊敬します」

「そんな大したものじゃないって。かまどは智也に手伝ってもらったし、ちゃぶ台はこの前作ったテーブルと同じ要領で作れただけだ」

ただし、天板を作るのが少々面倒《めんどう》だった。

納屋《なや》に保管されていた木材に、ちゃぶ台の天板にできるほどの大きさのものがなかったので、二枚の木の板をくっつけて一枚の大きな木の板にしたのだが、これは少々骨が折れた。

木の板と木の板を接合する方法は色々あるのだが、手持ちの工具でできそうな『ほぞ組み』というつなぎ方を選択《せんたく》した。

片方の板の側面にほぞ穴という溝《みぞ》を刻み、もう片方にはそれにぴったり合うほぞという でっぱりを刻む。その凹凸《おうとつ》を隙間なくがっちりと噛み合わせて、一枚の板にするという方法だ。

この工法は特殊《とくしゅ》な道具は必要なく、ノミとトンカチがあればできる工法だが、かと言って誰にでもできるほど簡単な工法ではない。なにしろ、隙間なくぴったりと噛み合う凹凸を刻まなければならない。

「これ、二枚の板なんですか。全然継《つ》ぎ目《め》が見えないんですけど」

説明を聞いた奏が、ちゃぶ台を撫《な》でつつ感心した声を漏《も》らした。

「かなり苦労したけどな」

隙間なく、というやつがかなりの曲者《くせもの》だった。劉生は何度も練習を繰《く》り返し、何度も失敗を重ねた。とにかく、きちんと噛み合わないとダメなのだ。溝が狭《せま》かったらはまらないし、広かったら一枚の板になってくれない。隙間なく、一ミリの誤差なく、ぴったりと合《がっ》致《ち》するように、溝とでっぱりを刻まなくてはならないのだ。

削《けず》ってははめて削ってははめてと何度も微調整《びちょうせい》を繰り返して、どうにかこうにか満足のいく大きな板を作ることに成功した。そこまでできればあとは簡単で、丸くカットして、脚《あし》をつけたらちゃぶ台は完成した。

「こういうことができちゃうんですか。本当にすごいですね……」

奏が継ぎ目があるあたりを何度も指でなぞる。

「継ぎ目には気を付けた。お椀《わん》が引っかかってみそ汁《しる》がこぼれる、なんてなりたくないしな」

「ノートや参考書が引っかかるのも困るでしょうしね。では、このちゃぶ台で勉強をするということでいいのでしょうか」

優等生の顔になった奏は肩に提げていた通学カバンを下ろし、早速勉強の準備をしようとする。

それを見て、緊張した面持ちでずっと無言だった扇奈が、口を開いた。

「その前に、ちょっと、寺町さん、こっち来てくれないかな」

と、奥の廊下《ろうか》の方を指し示す。

「寺町さん、あれからお裁縫は進んでいる？」

ギシギシと、歩く人間を不安にさせる音を奏《かな》でる廊下を歩きながら、扇奈が尋《たず》ねた。薄《うす》暗《ぐら》い中、彼女の金髪《きんぱつ》はよく目立つ。

「いえ、なかなかいい場所が見つからなくて。予定では、そろそろ劉生君にまたモデルをお願いするつもりだったのですが、まだ当分は無理そうです」

対する奏の黒髪《くろかみ》は、闇《やみ》の中に溶《と》け込んでしまいそうだ。

「この間、寺町さんがここに来た時、ワンピースを見せてくれたじゃない。あれ、本当にすごいと思った。縫い目が規則正しくて、丁寧で、細かくて。寺町さんがあの服にきちんと向き合っていたんだって、見ただけでわかった。私は不器用だから、とてもあんな風にお裁縫はできない」

金色をチリチリと闇の中にまき散らしながら、扇奈が言う。

「私は、劉生以外の人間に全然興味持てないの。持とうとも思わない。でも、あの服はすごいと思った。あの服を作った寺町さんもすごいと思った」

扇奈が、劉生以外の人間に自分の気持ちを吐露《とろ》するなんていつ以来だろうか。

すると、奏は穏《おだ》やかに微笑《ほほえ》み、ゆっくりと頭を下げた。

「ありがとうございます。ですが、わたしも伏見さんのこと、すごいと思っているんですよ」

「……私？」

「この間いただいたサンドイッチのことです。あのお弁当、すごく美味しかったです。でも、それだけではありません。あのお弁当は、食べる人のことをきちんと考えて作ったお弁当なんだと感じました。この人は、人のために手間を惜《お》しまない人なんだ。そう思いました」

確かに、あの弁当は、ただサンドイッチを詰め込んだだけの弁当ではない。

奏は他に昼食を用意しているだろうから量は少なめに。栄養のバランスを考えて肉と野菜と卵を使う。旬《しゅん》だからタケノコも使ってみたい。女の子なんだから彩《いろど》りもよくした方が喜ばれるはず。女の子なんだから一口サイズの方がいいはず。

そういう気遣《きづか》いを、たくさん詰め込んだ弁当だったのだ。

二人とも、すごいんだよな。

互《たが》いを褒《ほ》め合う二人の少女を交互に見ながら、劉生は思った。

技術は技術だ。良し悪しも上下も貴賤《きせん》もない。どういう過程を経たものであろうと、生み出すものが同等ならば、その技術も同等だ。

だが、努力と苦労によって培《つちか》った技術は、それを持つ者に誇《ほこ》りと自信を与える。だからこそ、服にせよお弁当にせよ、細やかな仕事と気遣いができる。

劉生の物作りの技術は生まれ持ったものだ。故に、誇りと自信はない。

奏の褒《ほ》め言葉に、扇奈はゆっくりとかぶりを横に振る。

「私は環境に恵《めぐ》まれているから。おうちで料理してても誰《だれ》かにとがめられることもないし、ここでも劉生がかまどとか作ってくれる。料理そのものに苦労することはあっても、料理するために苦労したことはないの。でも、寺町さんはそうじゃないでしょ。裁縫するための環境作りから苦労している。私だったらくじけちゃうんじゃないかってくらい苦労している。そして、それでも諦《あきら》めない。それが本当にすごいなって思ったの。尊敬したし、応《おう》援《えん》したいって思った」

薄暗い廊下の途中で立ち止まり、錆《さび》が浮《う》いて緑色になっているドアノブに手をかける。

「だからね、よかったらこれ使って」

キィキィと耳障《みみざわ》りな音を奏でながら、そのドアはゆっくりと開いた。

その部屋は六畳間の狭い部屋だった。廊下同様薄暗く、壁《かべ》や畳はボロボロだ。

だが、部屋の真ん中にドンと置かれているものは違った。ピカピカに磨かれていて、艶《つや》やかな漆黒《しっこく》の輝《かがや》きを放っていた。高貴な存在感を感じられる。

「これ、ミシン、ですか……？」

奏は一瞬《いっしゅん》間を作ってから、そこにあるものの名前を口にした。

「うん、ミシンだよ」

それは、劉生が知っているミシンとは少し違《ちが》った。劉生がイメージするミシンよりも大きく、古めかしい。いわゆる『ミシン』がテーブルに固定されており、その下にはゴム製のベルトがはまった金属製の輪と、前後に動く踏板《ふみいた》がある。

足踏みミシンというやつだ。電気ではなく、踏板を前後に動かすことによって針を上下に動かして縫っていく。

「これ、動くんですか？」

思いがけないものを目の当《ま》たりにして驚いている奏が、劉生に尋ねる。

「動く。確認済みだ」

このミシンはものすごく古い。おそらく、戦後間もない頃《ころ》に製造されたものではないだろうか。劉生も家庭科の教科書で一度見かけたことはあるが、実物を見るのがこれが初めてだった。

だが、このミシンの保存状態はかなりよく、劣化《れっか》していたゴムベルトを交換《こうかん》して、各所に機械油を挿《さ》したら何の問題もなく作動するようになった。

「これ、きちんと保管されていたんだ」

この足踏みミシンは、納屋の隅《すみ》で丁寧にブルーシートにくるまれて置かれていた。以前、劉生がオルガンと勘違《かんちが》いしたものだ。納屋の物はどれもきちんと保管されていたのだが、これはその中でも特に丁寧に梱包《こんぽう》されていた。

「これ、ひいおばあちゃんが使ってたらしいの。おじいちゃんが子供の頃は、着る服全部これで縫ってもらってたんだって。おじいちゃんは裁縫なんて全然できなかったし、ひいおばあちゃんが亡《な》くなってからこれを使う人は一人もいなかったけれど、ひいおばあちゃんの思い出があるからか、おじいちゃんはずっとこれを大切にしていたみたい。……そして、お父さんも」

扇奈の祖父が亡くなった時、扇奈の父は家の中にあるものをほとんど捨てた。この足踏みミシンはそれなりにいいものらしく、多分、売ろうと思えば売れただろう。だが、売らずに納屋に置かれていた。

それはつまり、そういうことなのだろう。

「そんな大切なものを、わたしが使っていいんですか？」

「いいよ。というか、是非《ぜひ》使って。ひ孫の私は不器用でそれを使ってあげることができないから。ミシンって、お洋服を作るための道具で、置物や飾《かざ》りじゃないでしょ？　使った

キラ
キラ

方が、きっとおじいちゃんもひいおばあちゃんも喜ぶと思う」

扇奈が奏の手を取り、足踏みミシンの前に誘導《ゆうどう》する。

「ミシン……」

黒く輝くその道具を見つめながら、奏が小さく呟《つぶや》く。

「ずっとほしかったんです。手縫《てぬ》いではどうしても限界がありましたから。でも、今のわたしではどうやっても買えないものでした。大きくなったら。働いてお金を稼《かせ》ぐようになったら。親元を離れたら。いつも、そんな風に自分を言い聞かせて我慢《がまん》してきました」

彼女の目元がかすかに光って見えるのは、気のせいではないだろう。

「わたしが、使っていいんですか？」

「いいよって言ったじゃない」

劉生は、照れ臭《くさ》そうに笑う扇奈の頭をポンと叩いた。

「こいつが誰かのために動くなんて相当レアだぞ」

「ちょっと言い方！　それじゃ私がひどい人間みたいじゃない！」

「でも、それだけ奏を応援したいってこいつが思ってるってことだ」

「………」

劉生が頭を叩くたびに、扇奈がドンドン小さくなっていく。

それを見て、奏はうらやましそうに微笑んだ。

「わかりました。それでは、ご厚意《こうい》に甘《あま》えさせていただきます。このミシン、大切に使いますね。もちろん、手伝いが必要な時はおっしゃってください。できる限りのことはしますから」

「そうだな、その時は頼む」

この間の耐火《たいか》レンガ運びの時は、奏がいてくれて大いに助かった。人手が必要な時は遠慮なく頼ろうと思う。

「で、だ。この部屋なんだけど、そのうちきれいにするからちょっと待ってくれるか」

早速《さっそく》足踏みミシンのあちこちを嬉しそうに触《さわ》り始める奏に、劉生はちょっと申し訳なさそうに言った。

「ミシン貸すって急に決めたからな。この部屋を修繕《しゅうぜん》したり掃除《そうじ》したりする時間なかったんだ」

こんな汚《きたな》くボロい部屋では、さすがの奏も落ち着かないだろう。最低限、裁縫に打ち込めるくらいの部屋にはしてやりたい。

「とりあえず、掃除して、壁を直して、作業台と椅子を作るくらいはしないといけないかな？」

手の下にいる扇奈が、部屋の中をキョロキョロ見回しながら言う。

「そうだな、それくらいか」

掃除と作業台作りはともかく、壁《かべ》の修繕は今までしたことがない。居間の大穴が開いた壁も直さなくてはいけないし、練習代わりにと言ったら語弊《ごへい》があるが、まずは壁から手を付けようと思う。

ザラザラの壁を撫でてみる。

壁紙が張られているが、ボロボロで、経年劣化のせいで色や柄《がら》は褪《あ》せてしまっている。それどころか、カビで黒ずんでいる。これは全部剥《は》がさないといけないだろう。

壁本体の方は触った限りでは、居間の壁のように劣化していない。ちょっと力を込めて押《お》してみても崩壊《ほうかい》するような気配は全くなかった。素人なので断定はできないが、これは補修したり張り替《か》えたりする必要はなさそうだ。

「ねえねえ寺町さん、好きな壁の柄とかあるならリクエスト言った方がいいよ。劉生、その辺のセンスゼロだから、味もそっけもない柄にしちゃうよ」

「そういうお前は、ピンクの花柄《はながら》にしそうだけどな」

「なによぉ、ピンクのお花のどこが悪いって言うのよ」

「絶対に落ち着かないだろ、そんな部屋。……もしかして、お前の部屋もピンクの花柄なのか？」

「どういう意味よ、その質問！」

「いや、ピンクの花柄の部屋に住んでいるから、そういう風に落ち着きのない奴《やつ》になったのかなって」

「うっわムカつく！　私のどこが落ち着きないのよ⁉」

「逆に聞くが、お前のどこに落ち着きなんて言葉があるんだ？　ゲーセンで格ゲーやってる時に対戦されてボコられて、ムキになって勝つまで連コインしたこともあったよな。映画見に行ってつまらないからって、三十分で席を立とうとしたこともあったよな。ファミスでなかなか注文したものが来なくて、呼び出しベルをアホみたいに連打して店員を呼びつけてクレームつけたこともあったな」

「全部向こうが悪いんじゃない！」

「あっさりキレるお前もどうかと思う」

ここまで言い合いが発展すると、いつもの口げんかに移行してしまう。

「それを言うなら、劉生だって私が面白《おもしろ》いって勧《すす》めたアニメとか漫画《まんが》、すぐに放り出しちゃうじゃない。せめて半分までは見てくれてもいいのに、アニメを五分、漫画を二十ページくらいで投げ出すのはどーかと思うんだけど」

「だってお前が勧めるの甘ったるいのが多くて、全然合わないんだよ。頼むから少女漫画を押し付けてくるのやめてくれ」

そんな二人の中身のない言い合いを傍《かたわ》らで見ていた奏が、不意にパチパチと拍手《はくしゅ》し始めた。

「なんだよ、見世物でもコントでもないぞ」

目を輝かせながら拍手し続ける彼女を憮然《ぶぜん》とした面持ちで睨《にら》む。

「ああ、いえ、違います。そういう風に見たわけではありません。そうではなくて、この前も言いましたけど、お二人はお互いをよく見ているんだなって。本当に仲良しなんだなって、そう思いました」

そういう風に見えるのか……。

お互いを深く知っていないと言えない悪口と考えたら、確かに仲良しと言えるのかもしれないが、口喧嘩《くちげんか》していて褒められるというのは、なんとも複雑な気持ちにさせられる。

扇奈もどういう反応をすればいいのかわからないのか、口をへの字にしながら首をかしげている。

「わたし、お二人を見て、仲良しとは何か、友達とは何か、勉強させていただけたらと思います」

「……俺らを参考にするのはどうかと思うぞ」

自分たちが一般的《いっぱんてき》高校生の友達とは少しズレているのを、劉生は自覚していた。

翌々日から、奏の部屋のリフォームを開始することになった。一日時間を置いたのは、下調べと準備のためである。

「せっかくなんだから可愛《かわい》い模様の壁紙貼《は》りたかったなぁ。寺町さんも嫌《いや》なら言った方がいいよ、マジで」

制服から汚《よご》れてもいい服に着《き》替《が》えていると、扇奈が少し不満そうに唇を尖《とが》らせた。

「いえ、わたしは特にこだわりは。それに、正直なところ、裁縫《さいほう》に集中したら壁の模様なんて目に入らないでしょうし」

奏の視線は、一旦《いったん》居間に避難《ひなん》させた足踏みミシンに注がれている。早くあれを使いたくて仕方がないらしい。

「奏、ミシン使いたいなら先にやっといてもいいぞ」

「いえ、手伝えるところは手伝わせてください。わたしはここのお客としているつもりはありません。やるべきことは率先《そっせん》してお手伝いしようと考えています」

なんとも優等生的な考え方だが、手伝おうと言うのを無下《むげ》に断ろうとも思わない。

「奏がそう言うなら手伝ってもらうけど。と言っても、今日の主な作業は俺がやる。二人は掃除だな。水を汲《く》んできてくれるか」

「はーい。寺町さん、行こっか」

「あ、はい」

二人の少女が井戸へ水を汲みに行っている間に、バケツの内側にビニールシートを押し込み、その中にホームセンターで買ってきた白い粉をバサッと投入する。

「汲んできたよー」

「サンキュー。二人は昨日養生したテープとかが剥がれていないかチェックしてくれ」

「わかった」

昨日のうちにボロボロの壁紙は剥がし、柱や梁《はり》が汚れないようにマスキングテープで養生しておいた。床《ゆか》には新聞紙を広げている。

白い粉が入ったバケツに、袋《ふくろ》に書いてあった分量通りの水を入れて古くて使わないお玉を突《つ》っ込みグルグルとよく混ぜる。

「これが漆喰《しっくい》かぁ。なんか、ホットケーキミックスの粉を溶いたやつみたい」

バケツの中を、扇奈が面白そうに覗き込む。

彼女の言う通り、混ぜている感触《かんしょく》もホットケーキのタネを混ぜている感触によく似ている。

「触るなよ。漆喰ってのは強いアルカリ性なんだ。皮膚《ひふ》に触《ふ》れたら炎症《えんしょう》を起こすぞ」

そう言う劉生は、長袖《ながそで》長ズボン、両手には軍手をはめて、顔にはマスクとゴーグルという完全装備だった。

「漆喰塗《ぬ》るって大変なんだね。やっぱり壁紙の方が楽だと思うんだけど。今は簡単に貼れる壁紙ってあるじゃない」

「簡単って言うけど、俺たちはずぶの素人なんだ。失敗するかもしれないだろ。漆喰は補修しやすい」

「劉生が失敗するとは思えないんだけど」

「漆喰には空気中に有害な化学物質を吸収する効果があるらしい。奏はこの部屋に籠《こも》ることになるだろうから、健康にいい方がいいだろ」

「このオンボロ家のどこに化学物質があるのよ。劉生、正直に言いなさい。やってみたかっただけなんでしょ？」

「……はい、そうです。やりたかったんです」

扇奈に下から睨むように見られて、劉生は素直《すなお》に白状した。

漆喰を左官コテを使ってサッと壁に塗り付けるなんて、いかにも大工仕事といった感じがしてかっこいいと思ってしまったのだ。サッと綺麗《きれい》に塗れたらさぞかし気持ちがいいだろうと思ってしまったのだ。

「い、一応、さっき言ったことはウソじゃないぞ。それに、一つ大きな理由があるんだ」

「大きな理由？」

「まあ、それはこの部屋をうまく塗れたらって話なんだけどな」

そう、まずはこの部屋の壁をきれいに塗れなければ話にならない。壁塗りなんて当たり前の話だが生まれて初めてだ。ネットと動画でちょっと勉強しただけの高校生がうまくできるかなんてわからない。

「よし、やるぞー」

木の壁には、昨日のうちにシーラーと呼ばれる下地を塗っている。これは、塗りやすくする効果、壁の強度を強める効果、壁のシミやアクと呼ばれる汚れが漆喰に浮き出ないようにする効果などがあるらしい。

水によく溶かした漆喰をお玉で掬《すく》い、コテ板と呼ばれる油絵用の木製パレットに似た板の上に載《の》せる。

「必要な量だけ取って、一ミリの厚さで均一に塗る、だよな」

　インターネットで調べた手順を口の中で確認《かくにん》し、コテ板からコテへこそぐような感じで漆喰を掬い取った。

　そして、ワクワクしながら壁に向かってコテを押し付ける。

「おおー」

　コテから伝わる感触に思わず感嘆《かんたん》の声を漏らす。

　コテをそのまま右へスウッと移動させ、

「おおー」

　とまた嬉《うれ》しい声を漏らす。

　ものすごくプロっぽい。テンションが上がる。

「そーゆーとこ、子供っぽいよね、劉生ってば」

　離《はな》れたところで奏と一緒《いっしょ》に雑巾《ぞうきん》がけをしている扇奈が、一人で勝手に喜びはしゃいでいる劉生を白い目で見てきた。

「うるさい黙《だま》れ。楽しいんだからしょうがないだろ」

　テーブルやちゃぶ台、炭作りも楽しかったが、この漆喰塗りは劉生の中で一段上のレベルのやりがいと充実度《じゅうじつど》がある。テンションが上がらないわけがない。

「よしよし、塗ってくぞー」

いまだにやれやれといった目線を向けてくる扇奈を忘れて、漆喰と壁に集中する。

扇奈がホットケーキミックスみたい、と言ったが、感触的《かんしょくてき》にもやや重たいタネといったところか。絵の具や墨《すみ》のようにサッとは伸びてくれず、ちょっと力を入れないといけなかった。

最初はうまくいかなかった。ただ伸ばして壁を白くするだけなら簡単だったが、均一の厚さで、という条件が付くと難易度が一気に跳《は》ね上がる。ちょっと力加減を間違《まちが》えると、木の壁が露出《ろしゅつ》してしまったり漆喰の厚さが五ミリくらいになったりして、表面がデコボコになってしまう。ムラなくきれいな壁にするのはなかなか難しい。

何度も何度も色んな力加減や手首の角度を変えて塗っていき、満足する結果が出るように試みる。

チャレンジすること十数回、

「お、これなら合格じゃないか？」

不意に自分の中でカチッと何かがはまるような感覚を得て、スッと滑《なめ》らかにコテが動き始めた。

木の壁とコテの間に一ミリの隙間《すきま》ができ、その間を漆喰が音もなく静かに通過していく。

「今の感じだな。覚えた。覚えたぞ」

今の感覚を忘れないうちにリトライを繰り返す。これも十数回反復すると、これだ、という感覚を掴《つか》むことができた。

こうなると、後はもう楽しい楽しい壁塗りである。思うがままにきれいで凹凸のない白い壁を塗り上げていく。

漆喰をコテ板に載せ、コテ板からコテに移動させ、壁に塗る。その作業を繰り返すたびに薄汚《うすよご》れた古い木の壁が純白で真新しい壁に変貌《へんぼう》していく。自分のしたことが、こうやってダイレクトに結果として反映されるのは、たまらなく楽しい。

劉生は、最初のうちは顔をしかめて四苦八苦していたが、三十分も経《た》った頃には鼻歌を歌えるぐらいにまでなっていた。

「腹立たしいなぁ」

漆喰が飛ぶと危ないからと、廊下から見ていた扇奈がそんなことを呟いた。

「なんでこの短い時間でそんなにきれいに塗れるようになっちゃうわけ？　すごく簡単そうにやっちゃうしさ」

「ンなことを言われても。できるんだから仕方がない」

このへんの器用さは完全に生まれ持ったものだ。文句を言われても困る。

「私だったら、一日やってもこんなにきれいにはできないね。寺町さんはどう？」

同じく廊下から劉生を眺めている奏に尋ねる。

「わたしも無理ですね。多分、最初からムラなく塗るのを諦めて、模様に見せかけるとか逃《に》げ道《みち》を模索《もさく》するでしょう」

「だよね。あ、でも、模様付けるとかは普通《ふつう》にいいかもね。そーだ。居間の壁をピンク色とか赤色にしてハート模様をつけるとかどうかな？　そんでもって白いレースのカーテンをつけて、上にはキラキラのシャンデリア飾るの。劉生、どうかな？」

「ダメだ」

扇奈の思い付きを即却下《そくきやつか》する。

「ええー、なんでよー。絶対可愛いって」

「死ぬほどめんどくさいだろうが。というか、金かかりまくるだろうが」

「ケチー」

ブーブーと文句を言う扇奈を、漆喰塗りを続けながらチラリと見る。

ハート模様のピンクの壁に、白いレースカーテンとシャンデリア。可愛らしい部屋の装《そう》飾《しよく》にも思える。だが、見方を変えたらラブホテルの部屋みたいではないか。そんな部屋に扇奈と二人きりはさすがにまずい気がする。

ラブホテルに入ったことなんてないが！　一緒に行くような相手もいたことはないが！

興味本位でサイトを覗《のぞ》いただけだが！

§§§§§§§§§§§§§§

扇奈は、寺町奏と一緒に庭の北側にある井戸で汚れた雑巾を洗いながら、ブツブツと文句を言っていた。

「あーもー、劉生ってば！　可愛いとかきれいとかそういうのに全然興味ないんだから。ピンク色の壁、可愛くていいじゃない」

おじいちゃんの家は古くてボロっちい家だ。可愛いとは程遠《ほどとお》い。だからこそ、なんとか可愛くできないかと常々思っている。しかし劉生はまるで関心がないらしく、手間がかかるとかお金がかかるとか言ってことごとく拒否《きょひ》する。

「ちょっとくらいは可愛い家にしてくれてもいいのにさぁ」

腹立ちまぎれに雑巾を力いっぱい絞《しぼ》る。

劉生は、後々この家で暮らす気満々だ。当然、扇奈もどうにかこうにか理由を作ってこの家に暮らすつもりだ。そうなると、ここは二人の新居となる。古いのはどうしようもないことだが、せっかく劉生と暮らすのなら、可愛い方がいいに決まっている。どうにか、うまく劉生を動かすことはできないだろうか、と思案する。

「…………」

「…………」

扇奈が黙り込むと、井戸の周辺は重苦しい沈黙《ちんもく》が支配する。寺町奏は黙々《もくもく》と雑巾を絞り続けている。

雑巾から滴《したた》り落ちる水の音だけが聞こえる。

……私、同級生とどういう風に話してたっけ？

真剣《しんけん》な顔で雑巾と格闘《かくとう》する少女を眺めつつ、こっそり悩《なや》む。

奏の裁縫作りを応援したいと思ったのはウソではないし、尊敬するのも偽《いつわ》らざる本心だ。どことなくシンパシーを感じているのも事実である。

しかし、劉生がいない二人きりの状況《じょうきょう》になると、どう接していいのかわからない。なんて話しかけたらいいのかわからない。これは相手が優等生で真面目なこの少女だから、というわけではない。劉生以外の同世代との交流が一切《いっさい》ない扇奈に問題がある。

友達と何を話していたっけ？　どう話しかけていたっけ？　どんなトーンでしゃべっていたっけ？

全然わからない。小学生の頃の記憶《きおく》を紐解《ひもと》いても、当時はごくごく当たり前にしていたことなので、正解が見つからない。

ミシンを使っていいよ、と言った以上、これから彼女《かのじょ》はちょくちょくこの家に来るだろう。にもかかわらず、全然言葉を交《か》わさないというのは、どう考えても不自然だ。

最初が肝心《かんじん》、なんて言葉もある。ここはどうにかして今日中に会話をしてある程度の仲を構築した方がいいだろう。二人が全然会話をしなかったら、十中八九劉生にいらない心配をかけることになる。

雑巾を握《にぎ》りしめたまま、ウンウン唸《うな》っていると、小柄《こがら》な少女が口を開いた。

「そういえば、伏見さんに前々からお聞きしたいことが一つあるんですけど」

「な、なに？」

内心ホッとしながら顔を彼女の方へ向けた。

向こうから話を振《ふ》ってくれるのならありがたい。そこを起点に会話のキャッチボールをするくらいは、多分できるはずだ。

「伏見さんは、劉生君のことを愛しているのですか？」

「は……？」

その問いを咀嚼《そしゃく》するのに、数秒の時間を要した。

「は、はああああああッ⁉」

優等生少女は、いきなりとんでもないボールを投げつけてきた。

「あ、愛？　愛ってあの愛？」

「恋愛《れんあい》感情の愛です。伏見さんが劉生君を異性として好意を持っているのか、気になりました」

予想外の話題に頬《ほお》を赤くするやら目を白黒させるやら忙《いそが》しい扇奈と対照的に、寺町奏はいたって冷静で真面目なものだった。

まさかまさか恋《こい》バナを振ってくるとは。

「い、いきなり何を言うのかな!?」

慌《あわ》てふためき、意味なく手にした雑巾をブンブンと振り回してしまう。

どうすればいいのか何をすればいいのか、全然わからない。

寺町奏は真顔のまま、

「前から気になっていたんです。お二人は学校でよく付き合っているとか色々言われています。その際、劉生君はそうじゃないと否定しますが、伏見さんの口からそういった否定の言葉を聞いたことがありません」

よく見ている。

「わたしは人の感情の機微《きび》を察する能力が乏《とぼ》しいです。ですが、劉生君を見る伏見さんの顔を見ていると、恋心《こいごころ》を抱《いだ》いているのではないかと思いました」

このボールを、どう投げ返したらいいのだろう。

女子高生ならば、恋バナの一つや二つしたことがあるものだ。だが、扇奈は生まれてこの方そんな会話したことはない。恋愛感情が生まれる思春期以降、そんな話ができる相手がいなかったからだ。

恋バナ経験値がゼロだから、どういう風に答えればいいのか全然わからない。

ええと、ええと、どうすればいいの？　なんて答えればいいの？

思わずいまだ漆喰塗りをしている劉生にヘルプを求めたくなるが、さすがに彼《かれ》にこの相談はできない。

扇奈の返答を黙って待つ黒髪の少女を見つめる。

真面目な彼女のことだ。おちょくったり誰かに言いふらしたりはしないだろう。そもそも、扇奈は劉生に対する好意を隠《かく》していない。気づいていないのは劉生くらいのものだ。ならば、誤魔化《ごまか》したりウソをついても意味はない。

「……はい、私は劉生のことが大好きです」

はっずかしいいいいいいいい!!　なにこれ⁉　めちゃくちゃ恥《は》ずかしいんだけど⁉

え、女子高生ってみんな恋バナしてるの⁉　誰かの前で誰々《だれだれ》のことが好きとか愛している

とか言い合ってるの⁉　どういうメンタルしてるの⁉

顔が熱い。鏡なんか見なくたって、真っ赤になっているのがわかってしまう。

「なるほど。やはりそうだったんですね」

恥ずかしさでプルプルと震《ふる》えてしまう扇奈を見ながら、奏が納得《なっとく》できたとコクコク頷《うなず》く。

が、すぐに止まって、小首をかしげる。

「では、どうして『愛しています』と告白しないのでしょうか？」

その質問は、もっともすぎる質問だ。だが、的外れでもある。

「したのよ、一回」

その時のことを思い出すと、思わず憮然とした表情になってしまう。

中学二年の時だ。

当時、すでに扇奈の周囲には友達はおらず、唯一《ゆいいつ》劉生だけが変わらず接してくれる存在となった。彼の側にいる時だけは安らぎ、彼の隣《となり》に立っている時だけいつもの自分になれた。彼に恋心を抱くようになるのはごくごく自然なことだった。

手をつなぎたい、キスをしたい、イチャイチャしたい、もっと触れ合いたいと思うのも自然のことで、そういうことができるようになるために告白しようと決意するのも当たり前のことだった。

だけど、面と向かって『好きです』と言うのはかなり恥ずかしかった。今までずっと友達として接してきたのに、どんな顔をして言えばいいのか全然わからなかった。

なので、扇奈はスマホという現代のツールに頼《たよ》ることにした。

一か月推敲《すいこう》に推敲を重ねたラブレターを打ち込《こ》み、送信ボタンをタップしようとした時に指が震えたのをよく覚えている。

しかし、それだけ考えて、勇気を振り絞って愛のメッセージを送ったのに、劉生には全く伝わらなかった。

何をどう曲解したのかいまだに理解できないが、扇奈の愛の告白を、深夜のノリで書いたイタイポエムと勘違いしたのだ。

「ははぁ、それはなんというか、劉生君っぽいというかなんというか……」

話を聞いた奏も何とも言えない顔になった。

「それ以降は、告白しようとは思わなかったんですか？」

「してない」

ブンブンと首を振る。

「それはどうしてでしょう？　もう諦めてしまったのですか？」

「諦めたわけじゃないの。なんかね、段々ムカついてきたの」

「ムカついた？」

そう、あの時扇奈はガッカリもしたし、同時に腹も立ったのだ。

「だって、人が一生懸命《いつしようけんめい》考えたラブレターに気づかないってどういう頭してるの？　って言いたくなるじゃんか。劉生の脳みそにはね、『恋愛』ってものがすっぽりと抜《ぬ》け落ちちゃってるのよ。基本的にガキなのよガキ」

劉生は小学生の頃から変わらない。それは嬉しいことでもあるのだが、こと恋愛となるといつまでも子供のままでは困ってしまう。

「ははぁ……」

「だからね、私は決心したの。劉生に私を好きにさせて、劉生の方から告白させてやろうって」

中二の時、ラブレターに失敗した扇奈は考えた。

現状、劉生が自分に恋心を持っているのかどうかわからない。もっと言えば、恋愛感情を理解しているのかもわからない。この状況で面と向かって「好きです」と言ったところで、うまくいくかどうかさっぱりわからない。それどころか、また伝わらないかもしれない。さすがに二度もそんな目に遭《あ》うのは嫌だ。

そこで思いついたのが、劉生に告白させる、だった。親友というポジションを駆使《くし》して劉生にアピールしまくり、劉生に自分を好きにさせる。そして、劉生から告白させる。そうすれば中二の時のような失敗は絶対にあり得ない。

「なるほど、そういうことでしたか……」

「わかってるわよ。こんなのすごくズルいって」

奏にわかったようなわからないような声を漏《も》らされて、扇奈は拗《す》ねたように唇《くちびる》を尖らせた。

親友ポジションをキープしつつ、恋人《こいびと》になろうとあれこれ画策しているのだ。姑息《こそく》とか卑怯《ひきょう》とか言われても反論できない。だが、相談する者がいない中、思いついたのがこれしかなかったのだから仕方がない。

ため息と一緒に雑巾を広げると、奏は少しの間考え込んだ。そして言う。

「いえ、わたしはズルいとは思いません」

それは、思いがけない肯定《こうてい》の言葉だった。

「わたしは初恋《はつこい》もまだの人間です。だから恋に関するルールとか暗黙《あんもく》の了解《りょうかい》とかはわかりません。だから、他の人が聞いたら伏見さんのやり方はズルいと思うかもしれません。でも、わたしはそうは思いませんでした」

きっぱりと言い切る様は、扇奈に気を使ってとか空気を読んでとか、そういう気配はまるで感じられない。この少女は、本心からそう思っている。

「わたしは、好きなことには全力でぶつかるべきだと考えています。だって、そうしなかったら、いつか後悔《こうかい》してしまうかもしれないでしょう？　だったら、ズルかろうが卑怯だろうが、諦《あきら》めるまで思い切り頑張《がんば》るべきです。少なくとも、私だったらそうします」

「……寺町さんは、裁縫にそういう風に向き合っているんだ」

「はい」

劉生も言っていたが、この少女は、本当に強い。

「うん、でも、そうだよね。寺町さんの言う通りかも。やっぱり好きなことには全力でぶつからないとね」

それが勉強でも遊びでも恋でも、どんなことでも。

『好き』は無限のエネルギーを生み出す。だったら、そのエネルギーは使わなくちゃもったいない。

「ね、寺町さんだったら、どうする？」

「え？　わたしだったらですか？」

「うん、正直さー、いくら劉生にアピールしてもいまいち効果が感じられないんだよね。暖簾《のれん》に腕押《うでお》し、みたいな。他の人の意見も聞いてみたいなって」

なんていうの？

「そ、そうですね。うーん」

　奏が雑巾を握ったまま真剣な顔で考え込む。

「今までのお二人を拝見してきたところ、ボディタッチなどはかなりやってらっしゃいますよね。あれはダメなんですか？」

「あれはなぜか大体怒《おこ》られて終わる」

　劉生が大好きなおっぱいを押し付けているのだから、もう少し喜んでくれてもいいはずなのに、不思議と説教されてしまうことが多い。

「そうなんですか。普通男性は女性にくっつかれると悪い気がしないと言いますが。物足りないのでしょうか？　もしくは、劉生君が特殊《とくしゅ》とか」

「特殊は特殊かな。あいつが見ているHな動画って妙《みょう》にニッチなジャンル多いし」

「そうなんですか。どんなのを見ているんでしょうか。やはりターゲットのことは把握《はあく》しておくべきだと思います」

「あ、寺町さんも見てみる？　ひっどいよ。女としてはちょっと引く」

　スマホを取り出し、肌色《はだいろ》てんこ盛りの動画を奏に見せる。

「……わたし、こういうの生まれて初めて見るんですが、男性はこういうのが好きなんですか？」

鮭《さけ》の産卵《さんらん》シーンでも見ているような顔つきでしばし動画を眺《なが》めていた奏が、心底不思議そうに尋《たず》ねる。

「劉生のスマホの履歴《りれき》見たら、これがあったから劉生は好きだよ。他の男は知らない」

「劉生君は、この動画のどのあたりが好きなんでしょうか？」

「うーん……それは私も知りたいんだよね。男なんてみんなおっぱい好きだと思ったんだけど、劉生の履歴を見ると必ずしもおっぱいがメインじゃないような気がして」

「なるほど。それは研究した方がいいかもしれません」

二人は、井戸端《いどばた》会議ならぬ、井戸端劉生の性癖暴露《せいへきばくろ》会で盛り上がる。

「おーい、扇奈、奏、何かあったのかー？」

あれこれと劉生が過去見た動画を奏に披露《ひろう》していると、いつまで経っても戻《もど》ってこない二人が気になったのか、当の本人が姿を現した。

と、すぐに扇奈の手の中のスマホが映している動画の内容に気づく。

「お前ら何を見ていやがる⁉」

「あ、劉生君、ちょうどよかった。劉生君はこの動画のどのあたりが気に入っているのでしょうか？」

「なぜそれを聞く⁉」

「好奇心《こうきしん》です」

「そういうところに好奇心を持つんじゃない！」

そう言い捨てると、顔を真っ赤にした劉生はダッシュで逃げ出した。

「あ、待ってください。まだ答えを聞いていません」

奏がそれを追いかける。

「なんか、すごいなあの子……」

自分と劉生ではあり得ない追いかけっこを繰《く》り広げる奏を目で追いかけながら、扇奈はしみじみと思った。

この寺町奏という少女とは、ものすごく仲良くなれそうだ。

トタタタ、トタタタ……。

奏《かなで》が来るようになってから、旧伏見《ふしみ》家に、小気味よく規則正しい音が加わった。

彼女が使う足踏《あしぶ》みミシンの音だ。

部屋を白くきれいに改装してから、彼女は足しげく旧伏見家にやってきて、足踏みミシンで裁縫をするようになった。

「劉生《りゅうせい》君、カーテンを縫《ぬ》ってみました。上に付けた輪っかに竹竿《たけざお》を通せばレールがなくても使えると思います」

「お、おう、居間の窓にでも使わせてもらう」

「扇奈《せんな》さん、鍋掴《なべつか》みです。サイズ、合っていますでしょうか?」

「う、うん、ちょうどいいよ。ありがとう、奏。使わせてもらうね」

「他にも何か必要なものがありましたら、言ってくださいね。わたし、どんどん縫いますから!」

　その言葉通り、彼女は家で使う日用品を次々と足踏みミシンから作り出していった。雑巾から始まり、玄関《げんかん》マット、ランチョンマット、果てはクッションまで作ってくれた。こういうものが家にあると、グッと生活感が出てくるのですごくありがたい。

　半面、衣服を作ることが目的のはずの奏にこういうものばかりを作らせるのは気が引けた。

「ええと、奏、ものすごく助かるけど、無理して作らなくていいからな。お前が作りたいものを作ってくれればそれでいいから」

「いいえ、別に無理はしていません」

　劉生が作ったミシン用の椅子《いす》にちょこんと腰《こし》かけている少女は、笑顔《えがお》で劉生の言葉を否定した。

「おっしゃる通り、わたしの第一の目的は服作りですが、これはこれで勉強になります。たとえば、ランチョンマットやクッションカバーは、端切《はぎ》れをパッチワークにして作りましたが、適当に布と布を縫い合わせればいいのではないと知りました。デザインや色の組み合わせや配置を考えなければ、きれいな模様になってくれません。そういうことは服を作るだけでは知ることはなかったでしょう。とても勉強になっていますから、決して無理しているわけではありません」

「ならいいんだけど」

「では、わたしはトイレの便座カバー作りに戻ります」

奏はぺこりと頭を下げ、Uの字形の布を縫う作業を再開した。もう劉生の存在など忘れたかのようにミシンの針の先を見つめている。

トタタタ、トタタタ……。

単なる道具の音なのに、とても楽しそうに聞こえてしまうのは、気のせいではないだろう。

「ねえ劉生劉生、こっち来てー」

扇奈に呼ばれて、庭に出る。

「あのね、今日の料理に使いたいんだけど、野菜少し採っていい？」

「間引く分は全然大丈夫《だいじょうぶ》だぞ。あと、ラディッシュは普通に収穫《しゅうかく》できるし」

「二十日《はつか》大根って別名のとおり、成長が早いねー」

扇奈はかがんでせっせと収穫した野菜をボウルに入れていく。

「美味《おい》しいごはん作るから楽しみにしててね！」

こっちもこっちで、畑や料理に関して、ものすごいやる気を出すようになっていた。きちんとしたかまどが完成したのが嬉しいのか、美味しいと言ってくれる人間が一人増えて作り甲斐《がい》が増したのか。

「……俺《おれ》もやるかぁ」

居間に放りっぱなしにしている竹に向き直る。

最近の劉生の作業はもっぱらこれだった。ひたすら竹を鉈《なた》で割って棒状にしている。この間やった竹ヒゴよりも細くしなくていいので、その分作業は楽だったが、その一方で必要とする本数がものすごく多かった。

無言でパキリパキリと竹を割っていく。

「劉生、ご飯だよー」

劉生の周りが竹ヒゴだらけになった頃《ころ》、扇奈が声をかけてきた。

「わかった。片づける」

作った竹ヒゴをまとめて片づけて、ちゃぶ台やクッションを準備する。

その間に扇奈は裁縫室の奏にも声をかけた。

「奏、ご飯だよー」

「ありがとうございます、扇奈さん。すぐ行きますね」

いつの間にか二人は、奏、扇奈さん、と呼び合う仲になっていた。二人に仲良くなってほしいと願っていたが、その仲良くなるきっかけが劉生が見たHな動画というのが気に食わない。というか、ものすごく恥ずかしい。

「ったく、なんで扇奈は俺の履歴を知っているんだ……？」

おかしなアプリでもこっそり入れられているのではないかとスマホをチェックしたが、そんなアプリは発見できなかった。一体どんな手を使ったんだと扇奈を問い詰《つ》めたのだが、彼女は絶対に口を割らない。

「クソ、スマホ以外に動画を見る方法ないっていうのに……！」

劉生がブツブツと文句を言っている間に、奏が裁縫室《さいほう》から居間にやってきた。

「あ、扇奈さん、わたしは家で母が夕飯を作っていますから、少なめにしてくださいますか」

裁縫室から居間にやってきた奏がちょっと残念そうにお願いする。

「うん、わかってる。お腹《なか》いっぱいになったら、親に疑われちゃうもんね」

「そうですね。……ふふっ」

不意に、奏が笑い出した。

「どうかした？」

「いえ、きっと親は今私が図書館で勉強していると思っているはずです。まさか、こんなところでご飯を食べているなんて夢にも思わないでしょう」

「だろうねぇ。私と劉生が悪い子の道に引きずり込んじゃったかな？」

「いえ、元より親に内緒《ないしょ》で裁縫をしていた娘《むすめ》ですから。でも、そうですね。以前だったら罪悪感を覚えていたでしょう。ですが、今ここにいることで安らぎを覚えても罪悪感は覚えません。となると、悪い子になっちゃったかもしれませんね」

そう言う奏は、どこか誇《ほこ》らしげだった。

今日の献立《こんだて》は、ピーマンとタケノコたっぷりの青椒肉絲《チンジャオロース》と間引き菜とラディッシュのサラダ、何かの茎《くき》が入ったみそ汁《しる》だった。

「これなんだ？」

みそ汁の中から、穴の開いた透《す》き通った黄緑色の茎を箸《はし》で摘《つ》まみ上げる。

「それはフキ。加賀《かが》さんのお孫さんが、山で採ったからって昨日持ってきてくれたの」

「いつのまに」

「劉生がずっと竹を割っていて気づかなかっただけだよ」

知らないうちに、扇奈は近所付き合いを深めているらしい。

「いただきものしたのなら、またお礼をしないとな」

「このフキを煮物《にもの》にして持っていこうかなって思ってる」

「王道だな」

扇奈の提案に賛同しながらフキを口に運ぶ。

「これ、うまいな」

シャクシャクとした食感とさわやかなにおいが口の中に広がる。一種独特の青臭《あおくさ》さはあるが、鼻の奥《おく》に残る春っぽいにおいが心地《ここち》いい。

フキのみそ汁だけでなく、青椒肉絲もサラダもいつも通りに美味しい。

「奏はどう？　味が濃《こ》いとかないかな？」

「いえ、ちょうどいい味加減です。扇奈さんは本当に料理がお上手ですね」

奏も扇奈の料理を気に入ったのか、ちょっとだけ、と言いつつ、青椒肉絲をおかわりしていた。

「それにしても、お二人はかなりの時間、ここにおられるんですね。実質、ここで暮らしているようなものではないですか？」

ピーマンとタケノコをまとめて口に運びつつ、奏がそんなことを言い出した。

「まだまだ暮らすなんてレベルじゃないって」

傍目《はため》から見れば暮らしているように見えるかもしれないが、劉生から言わせれば全然だ。

生活するには、足りないもの、修理しなくてはいけない箇所《かしょ》が多すぎる。こんな状況では、扇奈の父親から合格点はもらえないだろうし、何日も住み続けたらストレスが溜《た》まってしまう。それでは暮らしているとは言えない。もっと色々作って、直して、快適性を高めなくてはならない。

「劉生ってば、変なところでこだわっちゃうから、まだまだ満足してないのよ」

「なるほど。劉生君も向上心が強いんですね」

「そんな大層なものじゃないよ。自分の秘密基地をお気に入りに改造したいだけだってば」

食事をしながら奏と談笑《だんしょう》する扇奈を見る。

私と一緒に暮らしたいでしょ？　などと何度か言ってきている。どこまで本気でどこまで冗談《じょうだん》なのか判断がつかない。まさかいくらなんでも、とは思う。だが、この少女のことだから、本気という可能性も十二分にある。

その場合、扇奈はどういうつもりで劉生と暮らしたいのだろうか。親友として、なのか。それとも、異性として、なのか。

劉生と扇奈は親友同士である。しかし、どういう関係であろうと劉生が男で、扇奈が女であるのは変えようがない現実だ。

男女の間に友情は成立するのか？　という問いが漫画《まんが》やドラマで往々にして見受けられる。劉生は、成立する、と答えたい。だが、一緒に暮らすなんて状況で、それを言い続けられるかというと、正直言って自信がない。

こいつは、俺と一緒《いっしょ》に暮らしても変わらないのかな。

みそ汁を飲みながら、扇奈を眺める。

「劉生、どうかした？　あ、おかわり？」

劉生の視線を勘違《かんちが》いした扇奈が、こちらに向かって手を伸ばしてきた。

「……頼《たの》む」

おかわりしたみそ汁と一緒にご飯を口に運ぶ。

扇奈と暮らすのはきっと楽しい。だが、きっと後戻《あともど》りのできない変化や決定が訪《おとず》れる。

それは決して悪いことではないだろう。だが、今の関係は確実に変質してしまう。

それに寂《さび》しさを感じてしまうのは、劉生がまだまだ子供ということだろうか。


「いよいよ、この壁《かべ》を修理する！」

奏のおかげで無事中間テストを乗り切った劉生が、二人の少女の前で堂々と宣言した。

「お、おー」

奏の方はパチパチと拍手《はくしゅ》してくれたが、扇奈の方はやれやれといった感じでため息をついた。

「よーやくだね。結局、一か月くらい穴が開きっぱなしだったよね」

彼女の目が、ブルーシートで塞《ふさ》がれた穴に向かう。

劉生だって早く塞ぎたかったが、色々やることがあったし、準備も必要だったので遅《おそ》くなってしまった。

「この穴がなくなって、壁を全部きれいにしたら、だいぶ見栄《みば》えが良くなるんじゃないかな」

「そうだね、私もそうなってほしい」

壁に穴が開いていると、それだけで廃屋《はいおく》感がものすごく出てしまう。扇奈が口を酸《す》っぱくして、直して直してと言っていたのもわからなくはない。

「あの」

やる気に満ちている劉生と扇奈を黙《だま》って眺めていた奏が、控《ひか》えめに手を挙げた。

「そもそもなんですが、どうしてこんな大きな穴が開いたんでしょうか？　この穴は自然に開いた穴じゃないですよね」

「この穴？　これは劉生が調子に乗って開けたの」

「え？」

ニヤリと笑いながらの扇奈の言葉に、奏がびっくりして劉生を凝視《ぎょうし》する。

「まさか、校舎の窓ガラスの代わりにこの家の壁を壊《こわ》したんですか？」

「違《ちが》う違う！　ちゃんと理由があってやったんだ。というか、扇奈だって穴を開けるのは了解していたんだ」

この穴は、先月扇奈の父親とやり合った時に劉生が開けた穴だ。穴を開けての一芝居《ひとしばい》は非常に効果的だったし、正解だったと思っているが、少々大きく開けすぎたとも反省している。

「で、壁の修理は劉生に任せちゃってたんだけど、どうすればいいの？　せっせと竹を割ってたみたいだけど、ひょっとして竹で壁を作る気？　なんか、隙間風《すきまかぜ》がすごそうな気がするんだけど」

「竹も使うけどな。メインの材料はこっちだ」

気を取り直して、庭の隅《すみ》にかぶせておいたブルーシートを剥《は》がす。シートの下からは、こんもりとした茶色い小山が姿を現した。

「土？　土壁《つちかべ》ってこと？」

「そういうことだ。これなら金はかからない」

木の板が想像以上に高いことを知った劉生が、どうにか安く壁を修理できないかと色々調べた末にたどり着いた材料である。土ならば、庭があるこの家ではいくらでも手に入る。

庭を掘《ほ》って土を採取し、それに細かく刻んだ枯草《かれくさ》を混ぜ込んでいる。こうすると、枯草の繊維《せんい》が土と土を絡《から》めるので、壁が崩《くず》れにくくなるそうだ。

扇奈は土のドームをツンツンとつつきつつ、

「確かにお金かからないけど、なんかカッコ悪いなぁ」

「ベニヤ板やトタンを壁にするより絶対にこっちの方がいい。それに、土で壁を作った後、漆喰《しっくい》を塗《ぬ》る。それで見栄えもよくなる」

「また漆喰？」

「というか、この土壁の上に漆喰を塗るつもりだったから、奏の部屋を練習代わりに塗ったんだ」

前々から居間を土壁で修復して、漆喰できれいに化粧《けしょう》させようと目論《もくろ》んでいた。

「うーん、この居間全部漆喰かぁ。昭和《しょうわ》感が出すぎにならない？　ぶっちゃけ、奏の部屋も清潔感出たけど、昭和っぽさも出まくってる気がするんだよね」

「この家、昭和に建てられたものなんだから、そりゃ昭和感出るだろ」

漆喰が悪いのではなく、この家が悪い。奏の部屋にあるのは、昭和前半に活躍《かつやく》した足踏みミシンなのだから、なおさらだ。天然の素材ということで、漆喰は最近見直されてきている素材だ。漆喰塗りの壁でもおしゃれな家はいくらでもある。

可愛《かわい》い感じにしたいと常々言っている扇奈とすれば、漆喰塗りの壁なんて全然可愛くないだろうが、コストのことを考えたら、木の板を壁全面に打ち付けてその上に壁紙を貼《は》るより断然安くなる。

とはいえ、扇奈の意見をまるっきり無視するのも可哀想《かわいそう》だ。

不満げな顔をする扇奈に、スマホで通販《つうはん》サイトのあるページを見せる。

「なにこれ、漆喰のページ？」

「結構カラーバリエーションあるだろ」

調べてみたら、漆喰には色がたくさんあることを知った。白だけではなく、黄色や水色、黒に若草色と多色の漆喰が市販《しはん》されている。ピンク色もある。

「この前行ったホムセンにはなかったけど、通販で頼むか、智也《ともや》に頼んで取り寄せてもらえば、色付きの壁にできる。だから、お前がどうしてもって言うなら、ピンク色の漆喰にしようと思うが、どうだ？」

「いいの？」

「花柄《はながら》とシャンデリアとは無理だからな。そこは断固拒否《きょひ》する」

本音を言えば、ピンク色の壁に囲まれるのは、男としては落ち着かなさそうだが、扇奈がそれで喜ぶなら致《いた》し方《かた》ない。

劉生がピンク色の漆喰のことを教えると、扇奈はスマホを握りしめたまま、嬉《うれ》しそうにえへへへと笑い出した。

「なんだよ気持ち悪い」

「なんだかんだで劉生は優しいなーって」

そういうことを正面から言われるとものすごく恥ずかしい。

扇奈から視線を外しつつ、

「バカ言うな。多少の譲歩《じょうほ》をしないと壁修理の手伝いをしてくれないだろ」

「奏、よく見て。こういうのをツンデレって言うんだよ」

「噂《うわさ》では聞いたことありますが、こういうのを言うんですね。なるほどです」

「おい待て、勝手に俺に変な属性を付け足すんじゃない」

「えへへへへー」

扇奈の頭を掴《つか》んでグリグリやったが、それでも彼女は楽しそうだった。

「とにかく、今日は土壁作りを手伝ってくれ。漆喰は土壁が乾燥《かんそう》しないと塗れない」

「はーい。奏も手伝ってくれる？」

「元からそのつもりです」

三人とも汚《よご》れてもいい服に着替《きが》えて、準備を始める。

まず、この間からせっせと割った竹を紐《ひも》で結んで作った格子《こうし》を運んでくる。

「これをこの穴にはめ込むってこと？」

「そういうこと」

竹の格子を柱と梁《はり》の内側にきっちりとはめ込み、それを芯《しん》にする形で外側と内側から土を塗ってサンドイッチにする。そして、それが乾燥すれば土壁の完成だ。

「なんだ、結構簡単そうだね」

工程を説明すると、扇奈がそんなことを言った。

「不器用なお前がそういうこと言うな」

旧伏見家の壁は柱と梁によって何枚かに仕切られている。今日は、そのうちの大穴が開いた一枚分だけを修理することにした。全部一気にやった方が気持ちいいが、高校生の男女三人ではとてもじゃないが、そんな作業量は不可能だ。

まず、竹格子をはめるために、残っている壁を全て除去する。のこぎりを使って古い壁板を切り落としていくのだが、びっくりするくらい簡単に切ることができた。経年劣化《れっか》のせいか、それとも劉生が穴を開けたダメージのせいか。

丸い穴を四角にすると、そこに三人がかりで竹の格子をしっかりとはめ込んでいく。そして金具を使って柱や梁と固定させた。

「こんなので本当に大丈夫なの？」

劉生にせっせとねじを渡《わた》す仕事をしながら扇奈が不安そうに聞いてきた。

「知らん。多分大丈夫だろ」

「多分なんだ」

たとえば、全体重をかけて押《お》すとかこの間みたいにハンマーで殴《なぐ》るとかしたら、この壁はあっという間に壊れてしまうだろう。はっきり言って、耐震性《たいしんせい》とか強度とかは考慮《こうりょ》の外だ。今回は、とりあえず壁の穴をふさいで見た目だけでも良くしようというのが目的である。

「よし、こんなもんじゃないか？」

何十個もの金具で固定した竹格子をグイグイ押してみる。鉄筋コンクリートのような安心感はどうやっても望めないが、ズレたり壊れたりする心配はなさそうだ。この上に土壁を塗り、さらに漆喰で塗り固めれば、とりあえず壁としての強度は得られそうだ。

そんな竹格子がはまった壁を見上げて奏が感心したように呟《つぶや》く。

「こういう大きなものを、劉生君は作っちゃうんですね。すごいです」

「苦労はしたけど、すごいっていうのは言いすぎだ」

何十何百という竹ヒゴを作り、壁の大きさに合うように切りそろえ、格子になるようにひたすら組んでいった。作業量としてはかなりのものだったが、言い換《か》えれば根気さえあればできる作業だ。すごいと褒《ほ》められるほどではない。

「いえ、そういうことではなく、こういう大きなものを自分で作ってしまおうと考える劉生君がすごいということです。普通《ふつう》は壁を修理するなんて、誰《だれ》かプロにお願いしようと考えて、自分で何とかしようとは思いません」

「そうか？」

「お金がないから、誰かに頼むって発想がないだけだよね？」

劉生が首を捻《ひね》ると、扇奈がペシペシ背中を叩《たた》いてきた。

「まあ、そういうことだな」

この親友が言っていることは正しい。小遣《こづか》いしか収入源がない高校生だから、他人に依《い》頼《らい》するという選択肢《せんたくし》はそもそもなかった。

だが、仮にその選択肢があったとしても、自分で修理したのではないだろうか。

扇奈の父親に、俺が直して俺が住むと啖呵《たんか》を切った以上、自力で直したいという意地が劉生にはあった。

先日漆喰塗りの時にも使った左官コテとコテ板を握《にぎ》る。

恰好《かっこう》は以前よりも軽装だ。今回塗るのは、肌《はだ》に触《ふ》れると危険な漆喰ではなく、単なる泥《どろ》だ。付着しても問題ないので、長袖《ながそで》もゴーグルもマスクも不要である。

「よし、いよいよ本番だ。俺が壁を塗っていくから、二人はその辺に土を運んで水を混ぜて泥にしてほしい。この間の漆喰より少し固いくらいの柔《やわ》らかさにしてくれ」

「え、ちょっと待って。そのしんどそうな作業、女の子の私たちがするの？」

明らかに面倒《めんどう》くさそうで重労働な作業を押し付けられて、扇奈がものすごく嫌《いや》そうな顔をする。

「だって、できるのか？　壁塗り。間違《まちが》いなく漆喰塗るより難しいぞ」

塗る土台が単なる板ではなく竹を組んだものだし、塗る方もホットケーキミックスのタネみたいに滑《なめ》らかではない、ジャリジャリした泥だ。

「でき、ない、けど……」

不器用な扇奈にできるはずがない。力加減を間違えて竹格子を破壊《はかい》するのがオチである。

それは扇奈自身も想像できたのだろう。それ以上は抗議《こうぎ》の声は上《あ》げず、劉生の指示に大人しく従った。

「奏、二人でがんばろっか」

「はい、頑張りましょう」

二人の少女はそう言って互《たが》いを励《はげ》まし合い、シャベルとバケツを手にした。

「さて、俺もやるか」

呟き、大きな緑色のキャンバスと対峙《たいじ》する。

要領はこの間の漆喰塗りと同じはずだ。扇奈たちが作ってくれた泥をコテ板に載《の》せ、それを左官コテを使って竹の壁に塗り付けていく。

「……なるほど」

何度かやってみて、低く唸《うな》る。

要領は間違いなく漆喰塗りと同じだ。だが、難易度はこちらの方がはるかに上である。

まず、塗るキャンバスが違う。この間は下地を塗って塗りやすくした木の板だったが、今回はデコボコしている上に下地も塗っていない竹だ。軽く塗り付けるような気持ちでは、泥はうまく張り付いてくれない。少し力を込《こ》めて塗りこむような感覚じゃないとダメだ。

塗る方も滑らかな漆喰ではなく、草を混ぜ込んだ泥である。生クリームみたいにさっと伸びてくれない。

「これはなかなか大変そうだな」

口ではそう言うが、内心ワクワクしていた。こういうことは、簡単よりも難しい方がやりがいを感じてしまう。

劉生がご機嫌《きげん》に土壁作りを続けること数時間、鼻歌交じりの彼《かれ》とは対照的にドンドンス

トレスを蓄積《ちくせき》していたのは、二人の少女だった。

「あー、もう嫌！」

不意に、扇奈がもう限界だと大声を上げだした。シャベルを放り出した彼女《かのじょ》は泥で汚れ、汗《あせ》びっしょりだ。

「重い！　しんどい！　つらい！　地味！　劉生、代わってよ！　やっぱりこれ、女の子がやる作業じゃない！」

機嫌よく土塗りをしていた劉生は手を止めた。

「そうかもしれないが、不器用なお前にこの作業は無理だろ」

かと言って、泥作りから何から全部を劉生がやったら、とてもではないが時間が足りない。

「適材適所ってやつだ」

「適材適所!?　女の子にこんな力仕事させておいて、どこが適材適所なの！」

本気で嫌らしく、扇奈がズカズカと詰め寄って抗議してくる。

「劉生、交代して！」

「えー……？」

不器用な扇奈が大失敗をして、その尻拭《しりぬぐ》いを自分がするという未来しか見えない。左官コテを渡す気にはなれない。

「いや、やっぱりお前には無理だって」

左官コテとコテ板を後ろ手に隠《かく》す。

すると、扇奈ではなく、奏がその手をギュッと握った。

「奏……？」

「やる前から無理と決めつけるのはいかがでしょうか」

奏も額に汗を浮《う》かせ息が荒《あら》い。さらに、今まで見たことがない不満と不機嫌《ふきげん》の表情を露《あら》わにしていた。彼女も重労働にうんざりしているらしい。

「扇奈さんがダメなら、わたしにやらせてください」

「奏も無理だろ……」

この少女も、裁縫以外はてんでダメと自分で言っている。コツと技術が必要なこの作業を託《たく》すには不安が大きすぎる。

うぬぼれでも何でもなく、自分がやるのが一番確実だ。

「イヤイヤ、やっぱりダメだ。梅雨《つゆ》が来る前にきっちり乾燥させておきたいんだ。あんまり猶予《ゆうよ》はないんだぞ」

二人がどれだけやりたいと言っても、これは譲《ゆず》れない。

断固拒否の意思を示し、土壁塗りを再開する。

「奏、ちょっと」

すると、扇奈が奏を手招きし、ヒソヒソとし始めた。

「あの態度どう思う？　ひどすぎない？　私たちをバカにしすぎだよ」

「バカにしているかどうかはわかりませんが、侮《あなど》っているとは思います」

「だよねー。だからさ……」

「……なるほど。いいですね、それ。すごくいいです」

作業を続けながら聞き耳を立てるが、二人の会話はよく聞き取れない。

なんだ……？　何を考えてやがる……？

二人とも泥作りが嫌だから、どうにか役割を入れ替《か》えようと相談しているのだろうか。

そうはいかない。この作業は絶対に譲れない。

「ねえ劉生、ちょっとー」

笑顔の扇奈に手招きをされた時、劉生はコテとコテ板は絶対に奪《うば》われないぞと握りしめた。

「こっちに来て来て」

「やらんぞ、このコテとコテ板は。この作業は絶対に俺がやる」

なぜなら、ものすごく楽しいから。

緑色のキャンバスが自分の思《おも》い描《えが》いたように塗れるのを見ると、何とも言えない達成感を得られる。誰が何と言おうとこの作業は自分がやる。

「それは諦《あきら》めたから。いいからこっちに来てよ。ほらほら」

右を扇奈が左を奏が固めて泥の山へ誘導《ゆうどう》する。

「お、おい……!?」

「作業の交代は諦めたけど、もう一つ不公平だなって思うことがあるんだ」

「ふ、不公平？」

「私たちは泥でこんなに汚れているのに、なんで劉生はきれいなの？　ズルくない？」

扇奈は笑顔のままだ。だが、怖《こわ》い。

「ズルいって、そんなこと言われても困る。俺は泥の扱《あつか》いがうまくて、お前らが不器用ってだけだろ。そこを文句言われても」

「でも、やっぱりズルいと思うんだ」

「お、おい……!?」

扇奈が何をしたいのか、わかってしまった。

「待て。待て待て待て！　お前、これに何の意味がある!?」

「え、単なる嫌がらせアンド憂《う》さ晴《ば》らし」

「開き直りやがった！」

「奏も、泥で汚れている劉生見たいよね？」

扇奈が水を向けると、奏もとても素敵《すてき》な笑顔で、

「わたしは泥の中に突《つ》き落としたら、劉生君の型が取れないかなって期待しているんです。綺麗《きれい》な型が取れたら石膏《せっこう》流して像にしたいです」

「こっちもこっちでとんでもないこと考えてやがる！」

抗《あらが》おうとするが、両腕《りょううで》を掴まれて逃《に》げようがない。二人とも大した腕力《わんりょく》はないはずなのに、こんなところで隠された力を発揮している。

「じゃあいくよー。せーのッ‼」

もはや、観念するしかなかった。

どうにも逃げようがない窮地《きゅうち》に立たされて、逆に心が凪《なぎ》の海のように穏《おだ》やかになっていく。

普段《ふだん》なら見せない怪力《かいりき》を発揮する二人の少女の手によって、劉生は泥の山へダイブさせられた。

ベシャリ。

情けない音と共に視界がゼロになり、体の前半分が冷たくなる。泥のせいで呼吸もできなくなる。

「ああっ、あんまり動くと型が崩れてしまいます！」

奏がそんな悲鳴を上げたが、構ってなんかいられない。泥の中でもがいて、どうにかこうにか脱出《だっしゅつ》する。

「おー、すごい。なんか昔のバラエティ番組でそんな風になる芸人さん見た気がする」

泥の中からはい出した劉生を見て、扇奈がパチパチと拍手をする。

「テメェ、いくらなんでもこれはやりすぎじゃないか？」

「女の子にきつい仕事させる劉生が悪いんだもん」

剣呑《けんのん》な目つきで睨《にら》んでみても、扇奈は一向に意に介《かい》さない。

「おのれこのアホめ……！」

口の中で毒づきながら、泥まみれになったコテとコテ板をそっと置く。

こういう時、劉生のすることは決まっている。

仕返しだ。

「なあ扇奈、やったということは、やられる覚悟《かくご》はもちろんあるんだろうな？」

泥まみれの腕《うで》で扇奈の腕をむんずと掴む。

「う、ウソでしょ私は女の子だよりゅうせ――」

最後まで言わせない。

問答無用で泥の中に引っ張り込んでやった。

ベタン！　と派手な音を立てつつ、扇奈が顔から泥に突っ込んだ。

「ざまーみろ」

扇奈も自分と同じく泥まみれになるのを見て、少しは胸がスッとする。

「劉生！　フツー女の子相手にこういうことする⁉」

「黙れこういう時に男も女もあるか」

「ふぅん、そういうことを言っちゃいますか。そうね！　こういう時は男女関係ないわよね！」

扇奈はそう言うと、両腕を広げて襲《おそ》い掛《か》かってきた。

「ちょ、待てって！」

「待つわけないでしょ！」

扇奈は驚《おどろ》くほどの俊敏《しゅんびん》さで劉生の首に腕を回すと、自分の胸に押し付けるように締《し》め上げ始めた。プロレスでいうところの、ヘッドロックという技だ。

「どうよ！　これでも男女関係ないって言えちゃうわけ⁉」

得意げに勝ち誇る扇奈の声を聞きながら、しかし劉生はろくな抵抗《ていこう》をしなかった。

心地よいやわらかさが、劉生から反抗心《はんこうしん》と力を奪っていく。

男同士なら、単なるプロレス技をかけられた、で済んだだろう。劉生も、たとえば智也にやられたならば、一秒だって我慢《がまん》できずに暴れて脱出したはずだ。

だが、今劉生にヘッドロックをかけているのは扇奈だ。女の子で、とても大きなおっぱいの持ち主の、扇奈だ。

男同士なら腕と胸を使って首と顔を圧迫《あっぱく》する技だが、扇奈が使うと、彼女の胸に顔をうずめさせる技になってしまう。こんなの、プロレス技なんかじゃない。扇奈もそれをわかっていてこの技をかけている。自分の胸を武器にして、劉生をからかい羞恥《しゅうち》させるためにこんな技をかけているのだ。

「ほーらほら。恥《は》ずかしいでしょ」

恥ずかしい。女の子の胸に顔をうずめるなんて、生まれてこの方したことがない。無茶《むちゃ》苦茶《くちゃ》に恥ずかしい。

だが、劉生はこの技から抜《ぬ》け出す気力がちっとも湧《わ》かなかった。

理由は、気持ちいいからだ。

扇奈のおっぱいはとにかく大きく、やわらかい。枕《まくら》やクッションなんか目じゃない心地よさが顔を包み込む。

胸に押し付けられて呼吸が苦しいはずなのに、心地よさが打ち勝ってしまってどうでもよくなってしまう。

今まで散々背中に押し付けられたりしてきたが、顔でその感触《かんしょく》を味わうと、そのすごさをより一層理解してしまった。ずっとこうしていたい。

劉生は、釣《つ》られて時間が経《た》った魚みたいにだらんとなってしまった。

「ふふん、どうやら恥ずかしさのせいで抵抗する気もなくなったみたいね。私の勝ち！」

抵抗する気がなくなった理由は全然違うが、劉生の敗北に変わりはない。素直《すなお》に認めよう。認めるから、もう少しこのままでいさせてほしい。

「……お二人は、いつもこんなことをしているんですか？」

すっかり腑抜《ふぬ》けになってしまった劉生が我に返ったのは、奏の声だった。

そうだ、ここには奏がいたんだった。

クラスメイトの女子に、男としてもっとも見られたくない情けないところを見られてしまった。恥ずかしいどころではない。屈辱《くつじょく》だ。

ピクリと指が動く。

まだ、劉生の中にプライドは残っていた。

とにかくこの状況《じょうきょう》から脱《だつ》しなくては。

それだけを考えて、腕を動かす。

ヘッドロックをかけられているので視界に入るのは扇奈の胸だけだし、腕の可動範囲《はんい》も狭《せま》い。それでも、できるだけの抵抗はしなくては。

「おや？　抵抗する気？　どこまで頑張《がんば》れるかな～？」

泥をかき混ぜるしかない抵抗に、扇奈がますます勝ち誇る。

だが劉生は諦めなかった。

奏は劉生に、すごい、友達になってください、と言ってくれた。そんな彼女に、こんな情けない姿を見せ続けられない。

泥と扇奈のおっぱいの狭間《はざま》で、あがいてあがいてあがきまくる。

そして、泥の中で、泥ではない感触の何かに触れた。それが何なのかはわからない。だが、これは光明だと確信した劉生は、それを思い切り掴んだ。

「ひゃんっ！」

その途端《とたん》、扇奈が奇妙《きみょう》な悲鳴を上げ、劉生を解放した。

視界が一気に広がり、呼吸ができるようになる。

「助かったッ！」

空気が美味しい。何度も深呼吸をしたくなる。

スーハースーハーと呼吸を繰《く》り返し、顔におっぱいの感触を忘れさせる。

あれは、ヤバい。さっさと忘れろ。そうしないとダメになるぞ。

男の本能がそう告げてくる。

その本能の勧《すす》めに従い、おっぱいの感触を忘れさせるために泥まみれの自分の顔をビタビタと叩き始めた。

……毎度のことだが、俺《おれ》の親友の体はすごいな。

そんなことを思いながら、扇奈の方へ目を向ける。

「……あ」

顔を真っ赤にして涙目《なみだめ》になった扇奈が、自分のお尻《しり》を押さえていた。

劉生が掴んだのは、扇奈のお尻だったらしい。

「……劉生のえっち」

ぽそりと言ってくる。

「待て！　待て待て待て！　どうしてそうなる⁉」

「乙女《おとめ》のお尻を鷲掴《わしづか》みにしたんだもん。当然じゃない」

「今の今まで自分が何をしていたかわかってるか⁉」

ドロ
うへ〜

「おやぁ？　私はプロレス技をかけていただけなんだけど、劉生は何だと思ったのかなぁ？」

「ぐ……！」

言えるわけがない。

「なるほど。扇奈さんはいつもこういう風にしているんですね。確かに男性は喜びそうですけど、どうしてお二人は喧嘩《けんか》になるのでしょう。不思議です」

劉生が言葉に窮《きゅう》していると、二人のやり取りを興味深そうに眺《なが》めていた奏がおかしなことを呟いた。

「は？　なんだそれ？」

「実はこの間――」

「わー！　いきなり何を言い出すのかな⁉」

何かを説明しかけた奏の口を塞ぐべく、扇奈が飛び掛かった。泥まみれのまま、泥の中に押し倒《たお》すように。

派手に泥しぶきが立ち、奏もあっという間に泥まみれになる。

「ちょっと扇奈さん、何するんですか」

「それはこっちのセリフだよ！　何を言うつもりだったのかな⁉　この間井戸で話したこ

とは秘密だよ秘密！」

「な、なるほど、二人だけの秘密というやつですね。ちょっとワクワクします」

「そういうんじゃないけど、うん、まあ、秘密にしておいて」

泥の中で二人の少女がコソコソ話す。何のことなのか非常に気になるが、おそらく教えてはくれないだろう。

「それにしても、あーあ、三人とも泥だらけになっちゃったね」

泥の中から這《は》い出た扇奈が、体についた泥をぬぐい落とす。

「俺と奏はお前のせいだがな。でもまあ、汚れるかもっていうのは想定内と言えば想定内か。風呂《ふろ》を沸《わ》かしておいて、大正解だったたな」

ここまで泥だらけになるとは思ってもいなかったが、土壁塗りで汚れるだろうとは思っていた。なので、事前にお風呂を沸かしておいたのだ。

「あとで順番に入ろう――」

と言いかけて、気づいてしまった。

泥をぬぐった後、水気を帯びたTシャツが扇奈の胸にピトリと張り付いていることに。

赤いブラジャーがうっすら透《す》けて見えている。

……あれに顔を挟《はさ》まれていたのか。

忘れさせたはずのおっぱいの感覚が蘇《よみがえ》ってしまう。

やはりあれはすごい。あれは、もはや凶器《きょうき》である。

扇奈の胸を眺めながら、つくづく思ってしまった。

と、もう一人扇奈の胸に視線を釘付《くぎづ》けになっている人物がいた。

「か、奏？」

「ものすごく大きいですね」

凝視したまま、そんな感想を漏《も》らす。

「わたし、ファッションや体型の勉強のために休日に人間観察をすることあるんですが、こんなサイズのおっぱいを見たことはありません。形もすごくきれいです」

「あ、ありがとう……？」

自分の胸にコンプレックスを持っている扇奈のお礼は、疑問形になってしまう。

「扇奈さんは寄せたり上げたりするブラジャーをつけています？」

男だったら確実にセクハラで訴《うった》えられるレベルで、奏は扇奈の胸を見つめ続ける。

「つけないわよ、そんなもの」

「ホントですか？　それなのに、これだけの大きさでこの形なんて、にわかには信じがたいですね」

「そんなこと言っても、本当だもん。別に私はおっぱいで気を付けてることなんてないわよ」

「そうなんですか？　ちょっと確認《かくにん》させてください」

言うや否《いな》や、奏は両手で扇奈の胸を鷲掴みにした。

「あ、確かに今つけているのはそういうタイプのブラではありませんね」

扇奈の胸を掴んだまま、感触を確かめるように両手の指をワキワキと動かす。

「ちょ、ちょぉおおおおおおおおおおおおおおおお!?」

扇奈が、今まで聞いたことがない悲鳴を上げた。

「何してんの!?　何をしてるの!?　私、何をされてるの!?」

完全にパニック状態に陥《おちい》っている。

しかし、奏はそんなことお構いなしに真剣《しんけん》な顔で揉《も》みしだく。

「すごいですね、これ。しっかりと中身が詰《つ》まっている感触があるのに、とても柔らかいです。わたしの胸とは全然違います。どうなっているんでしょうか」

ぐにぐにむにむに。

「形もきれいで張りもありますね。普通、これくらいのサイズになったら自重で垂れてしまうんですが、こうやって持ってみてもそんな感じはありません。胸筋がしっかりしているのでしょうか。それとも、十代という若さゆえの張りでしょうか」

もみもみこねこね。

「ちょ、ちょっと奏⁉　ストップ！　タンマ！　お願いだからやめて！」

顔をこれでもかというくらい真っ赤にした扇奈が、上ずりまくった声で奏を制止しようとするが、真面目な少女の耳に抗議の声など一切《いっさい》届かない。

「扇奈さん、直接触《さわ》っていいですか？　ブラジャーが邪魔《じゃま》です」

「イヤイヤイヤイヤ！　ないって！　私、劉生にも見せたことがないのに！」

とんでもないことを口走っているが、扇奈は気づいているのだろうか。

「なら、ここで劉生君と一緒《いっしょ》に見ましょうか。それなら問題ないでしょう？」

「大問題だよ！」

Tシャツの中に腕を突っ込もうとする奏と、それを防ごうとする扇奈の攻防戦《こうぼうせん》が繰り広げられる。

うーむ、すごい。

何がすごいって、奏はあれを一切の邪心《じゃしん》なしにやっていることだ。彼女に悪意は一欠片《ひとかけら》もない。ただただ、裁縫《さいほう》の勉強のために扇奈のおっぱいを調べようとしているのだ。

やっていることは、傍目《はため》で見ているだけでも鼻血が出そうなくらい、とんでもないことだが。

「ちょっと劉生助けてよ！」

自分だけではどうにもならないと判断した扇奈が、劉生に助けを求めてくる。

だが、劉生は深々とお辞儀《じぎ》をして丁重《ていちょう》に断った。

「すまん、俺には無理だ。自力でなんとかしてくれ」

「なんでさ⁉　薄情者《はくじょうもの》！」

助けてやりたいのはやまやまだが、先ほど顔でおっぱいの感触をこれでもかと味わった上に、さらに扇奈のおっぱいを見たり触れたりしたら、よくない感情が爆発《ばくはつ》してしまいそうだ。女の子二人の前でそういう自分を晒《さら》すのは、非常によろしくない。

二人から距離《きょり》を取り、遠くから見物するだけにとどめる。

「このボリューム、このライン、本当に素晴《すば》らしいです。わたし、劉生君の体だけでなく、扇奈さんの体にも興味が出てきました。扇奈さん、お尻の方も見せていただけますか？」

「お尻⁉」

奏は、扇奈の下の方にも手を伸《の》ばし始めた。

上を守れば下へ、下を守れば上へ、奏の魔《ま》の手が伸びてくる。どう考えても扇奈に勝ち目はなかった。

「オッケーわかった！　私も奏のモデルになる！　なるからそれで勘弁《かんべん》して！」

「モデルになってくれるんですか。ありがとうございます。では早速《さっそく》、採寸していいですか。特にこの胸のサイズはきちんと計りたいので、服とブラジャーは取ってください」

「ちょっとおおおおおおおっ⁉　さっきとやってることが一切変わらないんだけど⁉」

「そんなことないですよ。先ほどは形や感触をこの手で確かめたかったのですが、今は正確なデータがほしいんです」

「私的には全く同じなんだけど！」

扇奈の悲鳴は、当分の間続き、劉生はなんだかもう、本当にいたたまれない気持ちになった。

やっぱり、寺町《てらまち》奏という少女は、とんでもない。


早速採寸することになり、二人の少女は泥で汚れたまま裁縫室に移動していった。奏は一秒でも早く採寸したいし、扇奈は恥ずかしいことはさっさと終わらせたい。

「あ、あの、ブラも取らないとダメなの？」

廊下《ろうか》で待つことにした劉生にも、ドア越《ご》しに扇奈の恥ずかしげな声が聞こえてくる。

「もちろんです」

「せめて、タオル巻かせてくれないかなぁ？」

扇奈の気持ちはよくわかるが、奏がうんと言うわけがない。

「ダメです。わたしはミリ単位で計測したいです」

「うううう……」

ゴソゴソという衣擦《きぬず》れの音が聞こえてくる。

「本当にすごいですね。この大きさ、ボリューム、張り、形、とても同い年でこれほどの胸を持っている人がいるとは思いませんでした」

「あ、あの、そんなにジロジロ見ないでくれるかな。その、恥ずかしいし、私は自分の胸があんまり……」

「いいえ、非常に興味深いです。これだけボディラインにメリハリがある体にフィットする服を作るとなると、非常にやりがいがあります」

「や、やりがいね。そういう風に言った人今までいなかったかな。あはは……」

「バンザイしてくれますか？　腕が邪魔です」

「ちょ、ちょっと、おっぱいをベタベタ触らないで……！」

「先ほど劉生君の顔に押し付けていたじゃないですか」

「あれとこれとは……」

消え入りそうな扇奈の声と、メジャーが伸びるシュルシュルという音が聞こえてくる。

ややあって、奏の感嘆《かんたん》混じりの吐息《といき》が漏れてくる。

「アンダーとトップの差、こんなにあるんですか……。面白《おもしろ》い、面白いです！　この体はわたしに対する挑戦《ちょうせん》と受け取りました！」

「いや、別に奏に挑戦するためにこんな体になったわけじゃないんだけど……！」

「残っている泥で胸の型を取っていいですか？　その方が服を作りやすいです」

「無理無理！　そんなことできるわけないでしょ！」

「では、写真だけでも」

「写真なら……イヤイヤ！　写真もダメだって！」

そこまで聞いて、劉生はそっとその場から離《はな》れた。

これ以上聞いても、耳の毒にしかならない。

劉生も泥だらけだ。今の間に風呂に入ってしまおう。

「にしても、奏の熱意と執念《しゅうねん》はマジですごいな」

扇奈は気の毒と思うが、あの情熱は本当に尊敬する。

着替《きが》えを持って洗面所に入ると、劉生は泥で茶色に染まったシャツやズボンを竹籠《たけかご》の中に放り込み、さっさと風呂場に飛び込んだ。

風呂場は、白い湯気がもうもうと立ち込めている。本当に、あらかじめお風呂を沸かしておいて大正解だった。もっとも、頭から足の先まで泥まみれになるとは思ってもみなかったが。

髪《かみ》の毛の中もジャリジャリするので、頭のてっぺんから足のつま先までシャンプーと石《せっ》鹸《けん》で徹底的《てってい》《てき》に洗う。特に髪の毛の隙間《すきま》に入り込んだ泥が厄介《やっかい》で、一回では取り切れなかった。

シャンプーを三回繰り返し、髪の毛の中に指を突っ込んでもジャリジャリとした感触がないのを確認してから、ゆっくりと湯船に浸かる。

ちょうどいい湯加減、たっぷりとした湯量だ。

ガスも電気も水道も使えない旧伏見家でお風呂を沸かすのは、結構な重労働である。蛇《じゃ》口《ぐち》を捻っても水は出ないので、庭の井戸からバケツで水を汲《く》まなくてはならないし、スイッチを押してもお湯は沸かないので、漬物石《つけものいし》を何個もかまどでガンガンに熱して風呂《ふろ》桶《おけ》に放り込まなければならない。時間はかかるし疲《つか》れる。

だが、一度作業後の風呂を経験してしまうと、風呂を沸かさないという選択肢はあり得なくなってしまった。

くれる。

肩《かた》まで浸かると、お湯の温かさがじんわりと沁《し》み込み、体の奥《おく》にある疲労《ひろう》を揉み出して
「マジで気持ちがいい……」

風呂の中で何も考えることなく、しばしゆっくりする。

そのうち、窓の向こうからバシャバシャという水の音と、採寸を終えた二人の少女の話し声が聞こえていた。

「うう、ものすごい大切な何かを失った気がする……」

「扇奈さん、ありがとうございました。おかげで満足できる正確な数字が取れました。わたし、あのミシンで扇奈さんにぴったりの服を作ってみせますね」

「ああ、うん……。頑張ってね……」

扇奈の方はぐったりした声だが、奏の方はものすごく楽しそうで弾《はず》んだ声だった。

「あと、すみません。服をお貸しいただいて」

「あ、ううん。そっちは全然気にしないでいいよ。泥だらけのまんまじゃね。お風呂上がったら、また別なの貸してあげる」

「これ、乾《かわ》くでしょうか」

「今日は天気いいし、風もあるからすぐに乾くと思うよ。そっちより、早く体をきれいに

したいよ。ねー劉生ー早く出てよー」

　窓の外から扇奈が声を投げかけてきた。

「もうちょっと待てよ」

　いつもなら、わかった、すぐに出る、と言うところだが、今回は扇奈たちのせいで泥だらけになったのだ。もう少しゆっくりさせてほしい。

「なによ、いつもは烏《からす》の行水のくせに。女の子二人が泥まみれなんだから、さっさと譲ってよ」

「別に死にやしないだろ。待てって」

　肩まで浸かって目を閉じる。

　最近、劉生はここのお風呂がお気に入りだ。ここのステンレス製の浴槽《よくそう》もめちゃくちゃ大きいというわけではないが、高村《たかむら》家のユニットバスよりは確実に大きく、足を伸ばして入ることができる。それに、お湯の温かさがとにかく気持ちいいのだ。ほんの数分で上がってしまうなんてもったいない。

「ねえ、劉生！　劉生ってば！　ホントに早く出てよ！」

　窓の向こうから扇奈がしつこく風呂を出ろ風呂を出ろと大声で言ってくるが、すっかり入浴モードになっている劉生の耳にはちっとも届かなかった。

「おのれ、劉生めぇ……！」

ガルル、と扇奈が唸るが、もはや劉生にはBGMでしかない。

「ま、まあまあ、今日は神経使う作業をされましたし、疲れているんですよ」

「私たちだって泥《どろ》作りで疲れてるじゃない！　だいたい、ズルいわよ。私たちが採寸している間に抜け駆《が》けしてお風呂入っちゃうんだから」

「それに関しては、わたしに大いに責任がありますから、そうですねと賛成しにくいんですけど」

「泥で汚《よご》れたままただ待つってなんか悔《くや》しいなぁ。なにか……」

と、そこで扇奈は考え込み始めたようだ。ブツリと会話が途《と》切《ぎ》れ、沈黙《ちんもく》となる。

ややあって、扇奈がまた口を開いた。

「ねえ奏、奏は劉生の裸《はだか》を見たくない？」

「見たいです」

扇奈のとんでもない問いかけに、奏は間髪《かんはつ》を容《い》れず肯定《こうてい》の意思を示した。

「懲《こ》りないな、あのアホは……！」

扇奈は前も劉生の風呂を覗《のぞ》こうとした。しかし、浴室の窓は高く、簡単に覗けるものではない。この間は踏《ふ》み台《だい》を作ろうとしたのだが、超絶《ちょうぜつ》不器用な扇奈に踏み台を作れるはずもなく、結局失敗に終わった。

今回は奏がいるが、彼女も裁縫と勉強以外は何もできないような人間だ。彼女が加わったところで、踏み台を作れるはずもない。

「そうだな。あいつらには無理だ。絶対に無理だ」

一瞬《いっしゅん》身構えてしまったが、少女二人に覗きは不可能だという結論に至ると、また安心して肩までお湯に浸かり直した。

「おのれ劉生め、今回はリアクションもなしか。こうなったら、何が何でも踏み台を作って覗いてやるんだから」

「踏み台、ですか」

奏が不思議そうな声を漏らす。

「ほら、私たちの身長じゃとてもじゃないけど、あそこの窓を覗くことは無理でしょ。だから、踏み台を作る必要があるの」

「居間にある椅子《いす》を持ってきたらどうでしょうか」

「それは無理。高さが足りないの」

「でしたら、ミシンの椅子でも無理でしょうね。二つの椅子を積み重ねるというのはどうでしょう？」

「危なくない？　自慢《じまん》じゃないけどバランス感覚そんなによくないわよ。小さい頃《ころ》、自転車に乗れるようになるまで苦労したんだから」

「わたしも自信ありません」

二人揃《そろ》って情けないことを言い、うーんと考え込《こ》み始めた。

湯船でのんびりしていた劉生だが、だんだん不安になってきた。

不器用な二人に踏み台を作れるはずがない。作れるはずがないが、どうも嫌《いや》な予感がしてきた。

お湯に浸かりながら、静かに聞き耳を立てる。

「……直接見るのがベストですが、踏み台をパパッと作るなんて、現状のわたしたちでは不可能です。諦めましょう」

思案しながら奏が口を開く。

「えー」

当然のように扇奈が不満げな声を漏らす。

「ですが、覗くことそのものは諦めません」

「何か思いついたの？」

「はい、わたしたちができる範囲のことでやれることをしましょう。扇奈さん、棒に紐《ひも》を使って物を結びつけるのはできますか？」

「奏が固定してくれるならできると思うけど……」

「では、簡単です。扇奈さんのスマホを竹竿《たけざお》に括《くく》り付けましょう。そして、そのスマホをわたしのスマホとビデオ通話にしておくんです。そうすれば直接見ることはできませんが、スマホ越《ご》しにしっかり見ることができます」

奏にも踏み台を作る技術はない。しかし、踏み台の代案を見つけ出す頭脳を持っていた。

「いいねそれ！」

扇奈はポンと手を叩《たた》きながらはしゃいだ声を出す。

「録画しておけば後から見返すこともできるし！　その作戦でいこう！」

「思い切り盗撮《とうさつ》だろうがアホおおおおおッ!!」

劉生は力の限り怒鳴《どな》り、手桶《ておけ》を使ってお湯を窓の外に向かってまき散らした。

「ちょっと劉生！　スマホに水がかかったらどうするのよ！　私のスマホ、防水じゃないんだからね！」

「壊《こわ》れてしまえ盗撮用のスマホなんぞ！」

「盗撮なんて失礼な！　お風呂待つ間暇《ひま》だから、ちょっと劉生を観察したかっただけじゃない！」

「そうです！　わたしは純粋《じゅんすい》に、劉生君の体がこの前の採寸から何か変化がないかチェックしたいだけですから！」

扇奈のとんでもない屁理屈《へりくつ》に、奏も無茶苦茶な理由を重ねてくる。

「やましい気持ちがあろうがなかろうが、盗撮は盗撮だ！」

本当にこの二人は……！

この二人、それぞれ面倒《めんどう》くさいところ変なところがあるが、セットになると相乗して面倒くさくなるようだ。

「ったく、あと十分くらいしたら出るから待ってろよ」

「絶対だからね！　十分過ぎたら、洗面所のドアを壊してでも覗きに行くからね！」

「お前らだと絶対に怪我《けが》するからやめろ。あと、そのドア、絶対に俺が直すことになるんだよな」

覗きの被害者《ひがいしゃ》である自分が直すなんて悲しすぎる。

「奏、行こ。次のチャンスの時のために、今のうちに踏み台を私たちだけでも作れないか作戦を立ててよ！」

「そうですね。是非《ぜひ》検討しましょう」

二人の少女はキャイキャイ姦《かしま》しくしながら居間の方へ戻《もど》っていった。

「ったく、あの二人は揃うと厄介だな」

お湯の量が減ってしまった湯船の中でやれやれと呟《つぶや》く。

扇奈が行動力を、奏が知力を持っており、それが組み合わさると非常に面倒くさいことになると身をもって思い知った。

「……まあ、それだけ気が合うってことなんだろうがな」

そうだ、扇奈と奏はかなり気が合う。まだまだ付き合いは短いが、この家で交流を続けたら、いつかきっと親友と言える関係になるだろう。

それはとても素晴らしいことだ。

友達皆無《かいむ》だった扇奈に友達ができる。

今までずっと願っていたことだ。

それがいよいよ叶《かな》うのだから、こんなに喜ばしいことはない。

ないのだが……。

劉生は、自分が手放しに喜んでいないことに気づいていた。

扇奈に俺以外の友達が出来たなら、俺はどうすればいいんだろう？

中学時代に扇奈はひどくつらい思いをした。その結果、友達は一人もいなくなってしまった。たった一人、劉生を除いて。

当時、何か考えがあって一人友達を続けたわけではない。ただただ純粋に、扇奈と遊ぶのが楽しかったから他の友達が彼女《かのじょ》から離れても劉生は友達でい続けた。

だが、少しずつ大人になって、周りが見えるようになって、自分の立ち位置が少々特殊《とくしゅ》であると気づいた。気づいたことで何かを変えようと思ったことはない。むしろ、変えないようにと誓《ちか》った。

自分は扇奈にとってたった一人の友達だ。そんな自分が変わったり離れたりしたら扇奈が悲しむ。小学生の頃と変わらず友達であり続けよう。

友達を次々と失い、泣いていた扇奈を見て劉生はそう決めたのだ。

己《おのれ》で決めた誓いを放棄《ほうき》することほど格好悪いことはない。それから数年、その誓いは破らず続けていると自負している。

だが、扇奈の方が変わり始めた。

永遠に得られないと思った自分以外の友達を得た。

『俺は扇奈のたった一人の友達』

誓いの大前提が崩《くず》れつつある。

だとしたら、己が立てたこの誓いに、どれほどの価値があるのだろうか。むしろ、俺は扇奈の面倒を見てやっているんだ、という自分勝手で傲慢《ごうまん》なエゴにしかならなくなるのではないだろうか。

この誓いは、もはや無価値なのではないだろうか。

この誓いを捨てた時、自分は扇奈にどう接すればいいのだろうか。

最近、そんな思いが頭の中で時折もたげる。

「…………」

透明《とうめい》なお湯を掬《すく》い、じっと見つめる。

掌《てのひら》で作った器の中にお湯はなみなみと入っていたが、どれだけ力を込めても、指の隙間から少しずつ少しずつ零《こぼ》れ落ち、手の中には何も残らない。

時は流れる。劉生も扇奈も否応《いやおう》なく次第《しだい》に変わっていく。大人になっていく。今のような関係を永遠に継続《けいぞく》していくのは、おそらくいびつなことだ。ならば、この先どのような関係になればいいのだろうか。

……胸の奥に、何かがいる。

その正体に、多分劉生は気づいている。

だが、見ようとしない。『誓い』という檻《おり》の中に閉じ込めて、『友達』というカバーをかぶせて隠《かく》していた。

檻がもろくなってきている。カバーが次第に綻《ほころ》び始めている。

そう遠くない未来、劉生はその中にいるものを見なくてはならない。

「ねー劉生、ホントにいい加減に出てよー」

いい加減待ちくたびれた扇奈が、洗面所のドアをドンドン叩き出し、その音で我に返った。

考え込んでいるうちに十分を過ぎてしまったようだ。

「悪い悪い。すぐに出るから」

思考を無理矢理《むりやり》中断し、風呂から上がる。

別段急いで結論を出さなくてはならないことではないはずだ。

ザバリと風呂から出る。

その間も、すっかりしびれを切らした扇奈がドンドンとドアを叩き続ける。

「ねー、劉生ってばー」

「だから、もう出るって！」

ドアに向かって怒鳴り返しながら、バスタオルをひっ掴む。

「あと十秒で出なかったらドア壊すね。いーち、にーい、さーん、よーん」

「ガキか！」

この少女、本気でやりかねないからおっかない。

やむを得ないと、きちんと体を拭《ふ》かないまま、下着とシャツを身に着けて廊下に飛び出す。

「――はーち、きゅーう。あーあ、間に合っちゃった。残念ー。ドアを壊して合法的に劉生の裸を見れると思ったのに」

「どこをどう見たら合法的になるんだ⁉」

いつもと変わらぬやり取りが繰り広げられる。

これに救われていたのは、果たして、誰《だれ》なのだろうか。

§§§§§§§§§§§§§§

劉生の後、扇奈と奏もお風呂に入ってさっぱりした。

やっぱりお風呂はいい。

「あの、ありがとうございます。何着も着替えの服を貸していただいて」

フンフンと鼻歌交じりにバスタオルで髪の毛の水気を取っていると、奏がモジモジしながらお礼を言ってきた。

「いいのいいの。洗えばいいだけなんだし」

「そういえば、このおうちって洗濯《せんたく》はどうしているんですか？」

「洗濯用のバケツに服を入れて、水と洗剤《せんざい》入れてグチャグチャって洗ってる」

電気が使えないこの家では、当然洗濯機なんて存在しない。きちんときれいにするならそれぞれの家に持ち帰って洗濯機で洗うのがベストだろうが、かさばるタオルや衣服をいちいち持って帰るのは面倒くさい。なので、バケツに汚れ物と水と洗剤を適当に入れてかき回して、人力洗濯機をやっている。きちんと汚れは落ちないし、結構大変なのだが、他の方法が思いつかないのだ。

「なるほど……」

扇奈が貸したジャージの裾《すそ》を押《お》さえながら、奏が考え込む。

そして、タオルでガシガシ頭を拭いている劉生に顔を向け、

「あの、洗濯板を作ってくれませんか？」

「洗濯板……って、桃太郎《ももたろう》のおばあさんが川で使っているやつか？」

扇奈も頭の中で、ニコニコ笑顔《えがお》のおばあさんが川でゴシゴシ洗濯しているシーンがすぐに思《おも》い浮《う》かんだ。

「作れるだろうけど、使えるっていうか、効果あるのか？」

「もちろん洗濯機よりは劣《おと》りますし手間もかかります。ですが、結構効果はあるそうです

よ。人の手でやりますからピンポイントに頑固《がんこ》な汚れを落とすなんてこともできますから。実は、前々からちょっと興味はあったんです」

この少女、興味が裁縫からどんどん広がりつつあるようだ。

劉生もふぅんと声を漏らし、

「わかった。木の板に波状の溝《みぞ》をつけるだけだから作れると思う。作っておくよ」

「お願いします」

「でも、さすがに今日は疲れたからまた今度な。今日はもう帰ろうぜ」

「え」

劉生に頭を下げかけた奏が固まる。

「え、え、と、今すぐ、ですか？　もう少しこのおうちにいた方がいいのではないのでしょうか……？」

「風呂にも入ったし、今日はもういいだろ。暗くなる前に帰った方がいいだろ」

「そ、そう、ですけど……」

奏が救いを求める視線をチラチラと扇奈に送ってくる。

「何かまだやりたいことがあるのか？　でも、今日は奏たちには泥作りなんてさせたし、早く帰った方がいいと思うんだけど」

「え、ええと、それは、そうなんですけど……。その、もう少し待つというか……」

奏が顔を赤らめ、恥《は》ずかしそうにモジモジする。

「待つ？　何を待つんだ？」

帰りたがらない奏を不思議に思い、劉生は首を捻《ひね》るばかり。

気づいているわけないよね、奏がノーブラノーパンなんて。

着替えがない奏にジャージを貸すことはできたが、さすがに下着は貸せなかった。何と言っても、サイズが違《ちが》いすぎる。なので、今の奏は下着をはくことなく、ダイレクトにジャージを着ている状態なのだ。

今日は最初から作業するのはわかっていたから、奏は行き帰り用の服はちゃんとあるのだが、スカートなのだ。下着をはかずにスカート、というのはいくらなんでもまず過ぎる。

先ほど劉生のお風呂を覗く覗かないと騒《さわ》ぐ前に、井戸でサッと洗って劉生の目につかない場所に干してきた。今日は風が強いから数時間待てば生乾《なまがわ》きくらいにはなってくれるだろうが、今はまだビショビショだ。どうにかして、下着が乾く時間を稼《かせ》がなくてはならない。

劉生に気取られないように気を付けつつ、うーん、と考える。

そして、ちょうどいいものがあることを思い出す。

「そーだそーだ。面白いものを持ってきてたんだった。ねえねえ、休憩《きゅうけい》がてら、これ使わない？」

カバンの中から、この間買ったものを取り出して二人に見せた。

「なんだこれ？　デカいオペラグラスか？」

扇奈からそれを受け取った劉生が物珍《ものめずら》しそうに見る。

「違うわよ。これはプロジェクター」

「これ、プロジェクターなんですか。こういうの、あるんですね」

ジャージの裾とか胸元《むなもと》とかを気を付けつつ、奏も興味深げに覗き込む。

「厳密には、プロジェクターのおもちゃだけどね」

これは、グッズショップに買い物に行った際、偶然《ぐうぜん》見つけたものだ。パーティーグッズの一種で、これにスマホをセットすると、スマホの画面が拡大されて壁《かべ》やスクリーンに投《とう》影《えい》できるという代物である。

「おもちゃなのか。ちゃんと見れるのか？」

劉生のもっともな問いに、ちょっと笑って首を横に振《ふ》る。

「くっきりは見えないよ。正直かなりボヤボヤ。でも、見れないことはないし、ちょっとした上映会気分にはなれると思う」

それに、コンセントがいらない。他の家ならともかく、この家ではこれはものすごく大きなメリットだ。というか、必須《ひっす》条件である。

「私のスマホ、サブスクのアプリ入っているし、これで映画でも見ようよ。奏、どう？」

「……あ、はい、面白そうですね。是非、二時間くらいの映画を見ましょう」

こちらの意図を把握《はあく》した奏が、コクコクコクコク頷《うなず》きながら賛成する。

おもちゃのプロジェクターを矯《た》めつ眇《すが》めつしていた劉生も、興味を持ってくれたらしい。

「ふぅん。まあ、こうやってあるんだし、試《ため》しに使ってみるか。ちょっと面白そうだよな」

「奏の部屋で見ようよ。あそこは白い漆喰《しっくい》の壁があるでしょ」

「なるほど、スクリーン代わりにするんだな」

居間は今日土壁を塗《ぬ》ったばかりだから、スクリーンにはできない。

「劉生は居間からちゃぶ台を運んでくれる？　奏はお茶の用意してくれるかな。かまどの横に水に浸けたヤカンがあるから」

二人にキビキビと指示を出してから、扇奈は台所に向かった。劉生が土間にかまどを作ってくれたおかげで、この台所を使うことはほぼなくなっていたが、北側にあるおかげで他の部屋より涼《すず》しく、食材を保管するための部屋として活用していた。

隅《すみ》に置いておいた壺《つぼ》の蓋《ふた》を開け、中身をお皿に取り分ける。

裁縫室に戻ると、二人はすでにちゃぶ台とお茶を運び終え、カーテンもしっかり閉めて、ちゃぶ台の前で準備万端《ばんたん》だった。

「お待たせ。はいこれ。食べたかったら食べて」

持ってきたお皿をちゃぶ台の上に載《の》せる。

「なんだこれ？」

「自家製メンマ」

まだまだ残っていたタケノコがいい加減傷《いた》みそうになっていたので、保存できるように漬《つ》けておいたのだ。

「めちゃめちゃ渋《しぶ》い映画のお供だなオイ。映画のお供はポップコーンかポテトチップだろ」

「他にないんだから贅沢《ぜいたく》言わないの」

ポテトチップは揚《あ》げれば作れるが、さすがに今からかまどの前に立つ元気はない。

「あ、でもうまいなこれ」

劉生が早速ポリポリとつまみ食いをし始める。

「で、二人は何か見たい映画ある？」

「俺《おれ》は怪獣《かいじゅう》映画が見たい」

「却下《きやつか》。女の子二人が楽しめるわけないでしょ」

「あの、わたし、ドキュメンタリーが見たいです」

「却下。何が面白いのよ。これ、私のスマホだから私が決めるわよ」

そう言いながら、サブスクのアプリを立ち上げる。

実は、このプロジェクターを買った時から、何を見るかは決めていた。

ホラー映画である。

めちゃくちゃ怖《こわ》い映画を劉生と一緒に見て、怖がるフリをして思い切り抱《だ》き付く！

これが扇奈が立案した作戦である。

ものすごくベタだ。立案したと言うのがおこがましいくらい、使い古された手である。

だが、これほど合法的に劉生に密着できる方法はない。

「はい、ごめんねー」

スマホをセットしたプロジェクターをちゃぶ台に据《す》え置くついでに、劉生と奏の間に割って入り、そのまま二人の間に座《すわ》り込む。

あらかじめ目を付けておいたホラー映画を検索《けんさく》し、再生ボタンをタップする。それをプロジェクターにセットして、漆喰の壁に光を向けた。

「お、映った映った」

「すごいですね」

　劉生と奏がちょっとはしゃいだ声を出す。

　オモチャみたいなプロジェクターである。白い壁に映し出された画面は、鏡とレンズを駆使《くし》してスマホの画面を無理矢理拡大させただけのものだ。五インチを三十インチに引き伸ばしているのだから、どうしたってピンボケしたみたいに滲《にじ》んで見える。だが、どういう映画なのかくらいはわかる。高画質とかハイビジョンに慣れ切った人間には少々厳しいが、低画質だと思えば見られなくはない。

　扇奈が選んだホラー映画は、ゾンビが大量に出てくるパニックものだった。評価はB級で、ストーリーはあってないようなものだそうだ。だが、ひっきりなしにゾンビが襲《おそ》い掛《か》かるシーンはとにかく怖く、そこだけは高評価らしい。

　最初のうちは、B級評価に違《たが》わぬつまらなさだった。話の流れがよくわからず、登場する人物たちもパニックを起こすだけで見ていると妙《みょう》にイライラしてしまう。全然没入《ぼつにゅう》感を得られない。

「あ、このメンマ、本当に美味《おい》しいですね。ちょっとやわらかいですけど、味がしっかりしていて箸《はし》が進みます」

「このお茶、まずいわけじゃないけど、ちょっと変わった味だな。甘《あま》くて渋くて苦くて

「……。これ、何のお茶だ?」

「笹《ささ》のお茶。山で採ってきた笹を、洗って乾煎《からい》りして煎《せん》じたの。デトックス効果があるんだって。劉生、井戸水ばかりじゃなくてお茶が飲みたいって言ってたじゃない」

「言った気もするが、お前、いつの間にそんなことやってたんだ」

「劉生がせっせと竹ヒゴ作っている時」

三人とも真剣《しんけん》に映画を見ず、メンマをポリポリ食べつつお茶を飲んでワイワイとしていた。

だが、中盤《ちゅうばん》に差し掛かり次々とゾンビが出現するようになると、三人ともメンマもお茶も会話も忘れて映画を鑑賞《かんしょう》するようになった。

画質は悪いが、大量のゾンビに襲われ、パニックに陥《おちい》る登場人物たちの恐怖《きょうふ》は彼《かれ》らの演技力によってしっかりと伝わってきた。

映画としては面白くないが、怖い思いをする、という目的のためだけだったらこの映画は十分に合格点を与《あた》えられる。

まあまあね。これなら怖がるフリをして劉生にしがみついても違和感《いわかん》ないでしょ。

太った男がゾンビに群がられ食われるシーンを見ながら、扇奈は心の中でしめしめとほくそ笑《え》む。

少しずつ少しずつ、劉生の方に手を伸《の》ばし、しがみつくタイミングを計る。

スクリーンの中で、ドロドロに腐乱《ふらん》した巨大《きょだい》なゾンビが出現し、ヒロインを鷲掴《わしづか》みにして食い殺そうとする。

ここがチャンス！

そう思い、劉生に抱き付こうとした、まさにその瞬間《しゅんかん》だった。

「………………」

「劉生？」

唐突《とうとつ》に、劉生が立ち上がった。

そして、裁縫《さいほう》室から出ようとする。

「ちょ、ちょっと、劉生どこ行くの？」

「うん、いや、ちょっと……」

モゴモゴと言う劉生の顔が、暗闇《くらやみ》の中でも青白くなっているのがわかってしまった。

「もしかして、劉生ってホラー映画苦手なの……？」

「いや、うん、そういうわけじゃ、ないんだけどな。でも、なんか、俺には合わないっていうか」

否定するが、スクリーンの方をちっとも見ないところを見ると、間違《まちが》いない。

「ちょっと待ってよ！　ホラー映画が怖いから逃《に》げ出すって男らしくないでしょ！」

「お前、そういうところで男だ女だって言うなよ！　苦手なものは苦手なんだよ！」

「苦手ってあっさり認めた！」

「こういうの見ると、夜にうなされるんだよ！」

　劉生が逆ギレ気味に怒鳴る。

「子供みたいなこと言わないでよ!!」

「うるさいなんとでも言え！　とにかく俺はもう帰る！」

「ちょっと待ってよ！　あと少しで映画終わるんだし、最後まで見ていけばいいじゃない！　私の作戦が！」

「またお前、俺をおちょくろうとしていやがるな？　帰る！　絶対に帰る！」

　そう言って、劉生は本気で部屋を出て帰ろうとする。

「ここで帰るなんてあんまりじゃない！」

　この調子では、もう二度とホラー映画を見てくれることはないだろう。だとすると、今がホラー映画を見て怖がるフリをして劉生に抱き付く最初で最後のチャンスだ。いやまあ、ここまでホラー映画を嫌がっている劉生に抱き付けるかどうかははなはだ疑問だが。

　しかし、劉生とくっつきたい一心の扇奈は必死だった。

劉生のTシャツの裾を掴んで離《はな》さない。

「お前、こういうことで俺をおちょくるのはどうかと思うぞ!?　人間、誰にだって苦手なものはあるだろ!?」

「違うわよ！　私は劉生とホラー映画が見たいだけだって！」

「それが俺に対する嫌がらせだってのー！」

劉生は、Tシャツが伸びるのも構わず、なんとか扇奈の手を引きはがそうとする。こっちもこっちでみっともないくらい必死だった。

「これからクライマックスなんだよ!?　最低でもそこまでは見てもいいんじゃないかな!?」

「アホか！　ホラー映画のクライマックスって一番怖いところだろうが！　死んでも見ないからな！　お前、今晩うなされたら責任取ってくれるのか!?」

実にくだらない言い合いをしつつ、部屋を出るだの出るなどと引っ張り合う。しかし、男と女の力勝負だ。どれだけ頑張《がんば》っても劉生の方が次第に優勢になっていく。

これはマズイ……！

運動会の綱《つな》引《ひ》きの時よりも懸命《けんめい》に引っ張り続ける扇奈だが、このままでは自分が負けると察してしまった。

こうなっては仕方がない。

「か、奏！　助けて！」

さすがに卑怯《ひきょう》だと思うが、もう一人の少女を味方に引き入れることにした。

「奏も、せっかくだから最後までみんな一緒《いっしょ》に見たいでしょ？　ね？　ね？」

「テッメエ、ズルいぞ！」

劉生が怒《おこ》る。

ズルいのは百も承知だ。でも、こうでもしないと勝てそうにないのだから仕方がない。

「…………」

奏は、床《ゆか》に座って一人静かに映画を見続けていた。しかし、扇奈に助力を求められて、ゆっくりと顔を二人の方へ向け、座ったまま右手を劉生の方へ伸ばした。

「奏、お前もかよ！」

劉生が悲鳴を上げる。

「奏、ありがとう！　やっぱりそうだよね！　映画って最後まで見るべきだよね！」

扇奈は、一騎《いっき》当千《とうせん》の味方を得たと喜ぶ。

奏は、そんな扇奈に向かって左手を伸ばした。

「か、奏？」

「扇奈さん、わたし、こういうの生まれて初めて見たんですが、思ったよりも怖いです……。こ、腰《こし》が抜《ぬ》けちゃいました……」

そう言って見上げてくる顔は、劉生のそれと同じように血の気が引いて青白かった。

「こっちも⁉」

「あ、あの、部屋の外に運んでくれませんか。すごく怖いです」

奏は扇奈と劉生の片足ずつを掴《つか》み、ラグビーのタックルのように二人にしがみついてきた。

「ちょ、ちょっと⁉」

「おい⁉」

二人とも出る出ないと前後に力を込めて踏ん張っていたのに、真横から力を加えられたので、あっさりバタンと倒《たお》れてしまった。

あとはもう、グチャグチャである。

「うおおおお、俺は這《は》ってでも出てってやる……！」

「ちょっと劉生、それはあまりにみっともなくない⁉」

「わたしも一緒に連れ出してください……！」

匍匐《ほふく》前進で部屋を出ようとする劉生に、腰のあたりにしがみついて行かせまいとする扇奈。そして、そんな二人の足をギュッと掴んで離さない奏。

ある意味、扇奈は劉生に抱き付いている。腰のあたりに両腕《りょううで》でしがみついているから、上半身全体で劉生を感じていると言っても過言ではない。お風呂《ふろ》上がりだから石鹸《せっけん》とシャンプーのいいにおいもするし、彼の体温も感じる。

だが、こんな風に抱き付きたかったわけではない。怖がるフリをして抱き付くという少女漫画《まんが》によくあるようなシチュエーションで抱き付きたかったのだ。こんな風に部屋から逃げ出そうとする劉生にしがみつくなんてシチュエーション、少しも望んでいない。

「出せー、俺を出せー」

「今劉生がゾンビみたいになってるよ！」

「わたしも出してください……」

「奏、あなたも！」

床で三人がお団子になっている間に、スクリーンはスタッフロールを流すのだった。

うぅ.
ゴゴゴゴ

エピローグ

六時間目のチャイムが鳴って、いつものように扇奈《せんな》と合流し、旧伏見《ふしみ》家に行こうとした。

「あ、劉生《りゅうせい》、待ってよー」

そんな劉生をスマホを握《にぎ》った智也《ともや》が呼び止めた。

「どうした智也。俺、今日もあの家に行くんだけど」

「あのさ、今父さんから連絡《れんらく》あって、この間頼《たの》まれたピンクの漆喰《しっくい》、入荷《にゅうか》したって。取りに来てよ」

「マジか。行く行く。今から行く」

扇奈がピンクピンクとうるさいから、ピンク色の漆喰の取り寄せを頼んでおいたのだ。

二つ返事でホームセンターに行くことを決める。

「これでようやくあそこの壁を塗ることができる！」

「うーん、漆喰が届いてガッツポーズ決めちゃう高校生ってものすごくレアだなぁ」

喜ぶ劉生を見て、智也が面白《おもしろ》そうに呟く。

「お前、漆喰塗りを甘く見るなよ」

最近劉生は、壁塗りがちょっと楽しい。

やはり一番目につくところだし、壁を塗るだけでもかなりきれいに見える。それに、色々な塗り方も覚え始めていて、ここの壁はどういう模様をつけようか、などと考えるとワクワクしてしまう。

「わざと粗《あら》く塗ったり、コテの角度を変えて木目っぽい模様つけたり、箒《ほうき》使って細かい線つけたりと色んな塗り方できるんだ。結構奥深《おくぶか》いぞ」

「いや、漆喰塗りそのものを軽《かろ》んじているわけじゃないよ。色んなコテを買い揃えて極《きわ》める人もいるし」

ホームセンターのアルバイト店員が、誤解しないでと手を振る。

「そうじゃなくて、漆喰一つでそこまで楽しそうになれる劉生がすごいなって。健全なのか変態なのかちょっと悩《なや》むね」

「誰が変態か」

まあ、漆喰で壁を塗ることをこんなに楽しみにしている高校生なんて、めったにいないだろうが。

しかし、丁寧《ていねい》に塗ればそれがきちんときれいな壁という報酬《ほうしゅう》となってフィードバックしてくれるのは、すごく嬉《うれ》しい。

「ところで、コテってそんなにたくさん種類あるのか？」

漆喰についていては作っている会社のサイトを回って色々調べたが、コテについてはノーチェックだった。

「あるよ。劉生が使っているのは柳刃《やなぎば》かな？　他にも四角かったり、ギザギザだったり、波形だったりがあるよ」

「マジか。それ使ったらもっと色んな模様がつけられそうだな。扇奈、買うの許してくれるかなぁ」

劉生は家の修理やリフォームにお金をかけたいが、扇奈は料理にお金をかけたい。コテなんて一つあれば十分でしょ！　と言われるのが目に見えている。どうやったらあいつを説得できるだろうか。

真剣な顔で考え込《こ》むと、智也にあははと笑われた。

「いいね、劉生は楽しそうで」

「……充実《じゅうじつ》はしている」

旧伏見家ではやらなくてはならないこと、やりたいことがいくらでもある。することがなくて暇《ひま》だ、なんていうことはすっかりなくなった。

「おっと、ホムセン寄るなら扇奈に連絡しとかないと」

掃除《そうじ》当番なのか、隣《となり》のクラスの扇奈はまだ来ていない。スマホで『ホームセンターに寄るから先に行っててくれ』とメッセージを送っておく。

「あ、僕《ぼく》も一緒に行くよ」

カバンを掴んで下校しようとすると、智也も追いかけてきた。

「わざわざ付いてこなくていいぞ。単に金払《はら》って漆喰受け取るだけだし」

「いや、あそこの駐輪場《ちゆうりんじよう》に原チャ置いてるんだ。家からホムセンまで原チャで行って、ホムセンから高校まで自転車で登校しているんだ」

「お前、そういう校則のすり抜け方得意だよなー」

そんなことを話しながら校舎裏の駐輪場に向かう。

「劉生と二人で下校するなんていつ以来だろうねぇ」

自転車に乗って校門をくぐったところで、智也がそんなことを言い出した。

「いつって、そんな――」

――大袈裟《おおげさ》な、と言いかけて、智也と一緒に帰った記憶《きおく》が全然見当たらないことに気づく。

本当に、いつだろうか？

中学時代は、ある。うん、ある。中学の制服を着て一緒にコンビニで立ち読みしたり牛丼《ぎゅうどん》屋に寄ったりした記憶がしっかり残っている。

だが、高校に上がってから、この友人と一緒に下校したことはあるだろうか？

「……高校に入ってから、智也がバイトを始めたからだろ」

相手に責任を押し付けようとして、そんなことを言う。苦《くる》し紛《まぎ》れの責任転嫁《てんか》だと、自分でもわかっていた。

案の定、智也は自転車をゆっくり漕《こ》ぎながら首を横に振る。

「僕は週に三日しかバイトを入れていないよ。つまり、週の半分はフリーなんだ。一緒に下校する回数が半分になったというのならわかるけど、ゼロになるのは、僕のせいじゃないよ」

つまり、智也と一緒に下校する回数が減った原因は劉生側にある、ということだ。

原因はわかりきっている。

劉生が扇奈と一緒にいる時間が多いからだ。

「扇奈といると、退屈《たいくつ》しないからな」

自転車を漕ぎながら、器用に肩《かた》をすくめてみせる。

「それだけ？」

智也がこちらの心の奥まで探《さぐ》りたいと言わんばかりにジィッと見てくる。

「それだけじゃないだろ。たったそれだけであんなにつるむはずがない」

素直《すなお》な気持ちを吐露《とろ》すると、智也が並走《へいそう》しながら顔を覗《のぞ》き込んできた。

「そこまではきちんと認めるんだ。……で？」

「でってなんだよ」

智也の視線が不快で顔をそむける。

「それだけじゃない、の続きだよ」

「わからん」

「わからない？」

智也が不可解な表情を見せた。

「それだけじゃないのは自覚している。でも、それ以外が一体何なのか、マジでわからん」

「なんだよそれ。はっきり言ってくれないとわからないじゃないか」

つまらない、とブーブー文句を言う智也に対し、劉生はフンと鼻を鳴らした。

「なんでお前に言わなくちゃいけないんだよ」

それに、わからない、という答えが真なる回答でもある。

ここ最近、扇奈との関係について考えることが増えた。

劉生にとって、扇奈は一番の親友だ。それが大前提で、一番の根幹であることは疑いようがない。でも、それだけじゃない。

側にいるだけでドキドキしてしまう美少女だし、食生活を心配して毎日お弁当を作ってくれるありがたい存在でもある。困った時や悩んだ時には相談したくなる相手でもあるし、逆に相談されたら万難《ばんなん》を排《はい》して彼女《かのじょ》の悩みを解決してやりたいと思う。おちょくってくる時は腸《はらわた》煮えくりかえるくらいムカつくし、一緒にゲームをする時は彼女以上に呼吸が合う人間はいない。不器用な彼女を見ているとハラハラと不安になってしまうし、何かを頼んだ時は絶対に達成してくれるだろうという信頼《しんらい》感を持っている。

彼女は、親友であり、異性であり、相棒であり、天敵であり、母親であり、妹である。グチャグチャで、完全なるカオスだ。色んな感情を彼女に持っている。どれか一つを挙げるなんてできっこない。

だから結論は、わからない、だ。

「つまんないなぁ」

「別に、智也を楽しませるために扇奈と友達やってるわけじゃない」

「そりゃそうか」

つっけんどんに言うと、智也に苦笑《くしょう》された。

そんな会話をしている間に智也がアルバイトしているホームセンターに到着《とうちゃく》する。

「バックヤードに置いてあるから、そっちに来てよ」

案内されて、いつも利用している出入り口ではなく、グルリと裏側に回る。

「はい、これ」

ピンク色の粉が五キロ詰《つ》まった大きな袋《ふくろ》を手渡《てわた》される。ズシリと重い。

「智也、この間みたいに原付で運んでくれよ」

「残念。僕、これから用事があるんだ」

代金を払いながら頼んでみるが、あっさり断られてしまった。

仕方なく、自転車のカゴに突《つ》っ込む。

「じゃあな智也、また明日」

「うん、またね」

ニコニコ笑う智也に見送られながら、旧伏見家に向かう。

いい加減走り慣れてきた道だというのに、今日はなぜかペダルが重い。漆喰の袋のせいか、それともいつも隣を走っている少女がいないせいか。

そんなことを考えながら走っていたからか、旧伏見家の玄関《げんかん》の脇《わき》に扇奈の自転車があるのを見つけると、ホッとした気持ちになってしまった。

「奏《かなで》も来ているのか」

扇奈の自転車の隣には、奏の自転車もあった。

「扇奈、奏、今日は汚《よご》れる予定あるかー？　あるなら風呂《ふろ》沸《わ》かすけどー？」

そんなことを奥に向かって呼びかけながら、立て付けの悪い玄関の戸をヨイショと開ける。

すると、土間のど真ん中に、扇奈が立って待ち構えていた。

「…………」

そんな扇奈を見て、劉生は固まってしまった。

ただ立っているだけなら、別になんでもない。

問題は、彼女の恰好《かっこう》だ。

フリフリのフリルがたくさんついたピンクを基調にしたエプロンドレスを身に着け、頭にはいつものリボンにプラスして真っ白なカチューシャが載《の》せられている。

オタクじゃない劉生だが、この恰好が何なのかはすぐにわかる。

メイドだ。

しかも萌《も》えとかエロとか可愛《かわい》いとか、そういうものを詰め込みまくったメイドである。

……なんだこれ？

劉生をからかうための何かなんだろう。だが、いつものとあまりに方向性が違うので、どうリアクションを取っていいのかわからない。

土間に一歩足を踏《ふ》み入れたところで身動きが取れなくなってしまう。

すると、扇奈は満面の笑顔で、クルリと回って何かのポーズを決めた。

そして一言。

「おかえりなさいませ、ご主人様??」

……なんだこれ。

決め顔でポーズをキープし続ける扇奈を見ても、やっぱりこれしか感想が思い浮かばなかった。

ものすごく華《はな》やかで可愛いと思う。だけど、あまりに突然《とつぜん》だし、場所があまりに悪すぎる。メイドカフェでもコスプレ会場でもステージでもない、薄暗《うすぐら》い土間なのだ。こんなところでメイドの恰好をされても、チグハグで違和感しか出てこない。

「……なんだこれ」

今度は、口に出して言った。

すると、扇奈はポーズを解き、笑顔を怒り顔にシフトチェンジさせた。そして、

「ちょっとオタクの人！　ダダ滑《すべ》りしちゃってないこれ⁉」

先ほど別れたばかりなのに、なぜか居間にいる智也に食って掛かった。

「あんたがこのポーズなら劉生も大喜びって言うから練習したのに、全然外しちゃったじゃないの！　どう責任取ってくれるの⁉」

「おかしいなぁ」

智也はスマホを構えながら首を捻《お》った。

「僕史上最推しメイドキャラの決めポーズなんだけど。これでドキドキしない劉生がおかしいとしか言えないね。僕は悪くない」

「くっ！　確かに劉生の感覚ってズレているのよね。テンプレなオタクの意見なんて参考になるわけがなかったんだわ」

扇奈が爪《つめ》を噛《か》みながら悔《くや》しがる。

「あ、あの、わたしの作った衣装《いしょう》が劉生君に合わなかったのではないのでしょうか？」

なぜか大黒柱の陰《かげ》に隠《かく》れるようにしながら、こちらを窺《うかが》っている奏がおそるおそる口を開いた。

「それはないと思うわよ。すごく可愛いもん。ね、劉生もこのメイド服は可愛いと思うでしょ？」

「え？　あ、そ、そうだな。可愛いと思うぞ」

そのへんのディスカウントストアで売っているメイド服なんか足元にも及《およ》ばないくらいしっかりとしているし、デザインも可愛らしい。ミニスカートで細い足をきれいに見せているし、大きな胸も形よく強調している。扇奈が恥ずかしがるくらい徹底的《てっていてき》に採寸したおかげだろう。ものすごく扇奈に似合っている。扇奈のためのメイド服と言ってもいい。

いまだ事態は呑《の》み込めていないが、それは確かだ。

素直にコクコクと頷ける。

「だよね。私も最初見た時はどうかなーってちょっと思ったんだけど、実際着てみたらすごくいいなって思ったんだ」

扇奈は腕《うで》を組みつつ、うんうんと同意する。

「可愛い私がこんなに可愛いメイド服着たのに、劉生のリアクションがおかしいっていうのは、やっぱりさっきのポーズがよくなかったんだと思うんだけど」

「いやいや、あのポーズが最高だっていうのは譲《ゆず》れないよ。あれ以上の決めポーズはこの世に存在しないと僕は断言するね」

「わたしのデザインが甘かったのではないでしょうか。劉生君を喜ばせる、をコンセプトに作ったのですか」

「えー、これ可愛いと思うよ」

「そうだね、僕もそう思うよ」

「もう少し胸元を開けた方がよかったのではないかと」

「え、それはちょっとあざとすぎない？　ねえ、オタクの人」

「うん、僕もそれには反対だ。寺町《てらまち》さん、メイド服は露出《ろしゅつ》が増えればいいってもんじゃないんだよ。あと伏見さん、頑《かたく》なに僕の名前覚えてくれないね」

三人が、劉生そっちのけでワイワイガヤガヤと反省会を繰《く》り広げる。

「待て。待て待て待て。どういうことなのか一から説明してくれ。なんでそんな服を作った？　扇奈は何をしたいんだ？　なんで智也がここにいるんだ？」

なんとなくわかるような気もするが、さっぱりわからない。

疎外感《そがいかん》を感じた劉生はそれに割って入ると、三人は顔を見合わせ、まずメイド姿の扇奈が口を開いた。

「えっと、最初は奏が私のためにどんな服を作るのか、って話になったんだよね」

奏が話を引き継《つ》ぐ。

「はい、せっかくですから今までに作ったことがない服を作りたくて。それで話し合った結果、メイドの服はどうだろうということになったんです」

「最初は私は乗り気じゃなかったんだけどね。実際に着てみると、これがまあすごくってさ。なんか気分が乗っちゃって、これを着て劉生をドキドキさせられないかなって思ったの」

「で、そこで僕の出番」

最後に智也が加わる。

「二人がどうしようって相談しているのを偶然《ぐうぜん》聞いてね。こんな面白そう……じゃなくて素敵《すてき》な作戦なら、是非《ぜひ》とも協力させてほしいって申し出たんだ」

「……なるほど」

ようやく全体像が見えてきた。

要するに、奏が作ったメイド服を使って扇奈が劉生をおちょくろうと思いつき、それに智也が乗っかった、というわけだ。

これは多分、いいことだ。

扇奈が、奏や智也と交流し、誰《だれ》かとこうやって話をしている。ぼっちよりはいいことだ。

悪いことはただ一つ。劉生にとばっちりが来る、ということだ。

「ええいっ、他人を頼《たよ》った私がバカだったわ！　やっぱりこういうことは自分で決めてやるべきよね」

そう言った扇奈が、劉生に近づいてくる。

そして、目の前でストップすると、うーんうーんと考え込む。

「悩んでいるならその間に壁塗りしていていいか？　さっき、ピンク色の漆喰を買ってきたんだが」

「ピンク色！　それは是非ともしてほしいけど、ちょっと待って！」

白い目を向けて言ってやったが、ちっとも通じない。

劉生を立ちっぱなしにすること十分、ようやく何か思いついたらしい。

「いくよ劉生！」

大きな胸を両腕で挟《はさ》み込むようにして、上目遣《うわめづか》いでとっておきの笑顔《えがお》を向けてくる。

「私と一緒に暮らしたいって思いますよね？　ご主人様⁉」

「いや別に」

「あれぇ⁉」

即拒絶《そくきょぜつ》すると、自信満々だった扇奈が驚《おどろ》いてみせた。

「どーしてぇっ⁉　こんなに可愛いメイドと一緒に暮らすって男には最高なことじゃないの？」

「いやだって、扇奈だろ……？」

確かに見た目だけで言えば、こんなメイドが仕えてくれるなら男冥利《おとこみょうり》に尽《つ》きると言ってもいいだろう。だが、中身は扇奈なのだ。

「お前がメイドになったら、どう考えてもドジっ子メイドだろうが。後片付けがエンドレスに増えて疲《つか》れるだけだろ」

「ドジっ子メイド⁉　私のどこがドジっ子よ⁉」

「自覚ないのかこの超絶《ちょうぜつ》不器用女。メイドはお前に一番向かない仕事だと理解しろ」

カチューシャが載った頭をペシペシ叩《たた》く。

「ひどすぎる！　せっかく劉生を喜ばせてあげようと思ってしたのに！」

「いらんお世話だっつーの」

毎度のごとく、劉生と扇奈は言い合いを繰り広げる。

「なんか、メイド喫茶《きっさ》に来た厄介《やっかい》な客とまだマニュアルが頭に入っていない新人メイドみたい。まあいっか。これもこれでシュールな絵だから写真撮《と》っとこっと」

「うーん、劉生君に喜んでもらおうと思ってのデザインだったのですが、ダメでしたか。もっと劉生君の好みを把握《はあく》しないといけませんね。これからはもっとしっかり観察しなくては」

智也と奏がそれぞれ何か言っているが、劉生はそれに耳を傾《かたむ》ける余裕《よゆう》はまるでない。

「だいたい、お前、自分のキャラをもっと考えろよ。お前みたいなアホでがさつでやかましい奴《やつ》がメイドなんて似合うわけないだろ。鏡で自分見ろよ。スゲーパチモンくさいぞ」

「パチモン⁉　それは言いすぎじゃない⁉」

「そうとしか見えないんだからしょうがないだろうが」

「うぬぬぬ……！　決めポーズと決め台詞《ぜりふ》まで用意したのに、何たる言い草……！」

そう言いつつ、ジタバタと子供じみた地団駄《じだんだ》を踏む。こんな仕草、メイドは絶対にしない。

……可愛いことは可愛いんだけどな。

それは認めざるを得ない。だが、言動が色々台無しにしている。

「よし、奏！　次の服を考えよう！　もっと可愛くて劉生の性癖《せいへき》に刺《さ》さるやつ！」

「あ、はい。わかりました。わたしも望むところです」

「あのぅ、僕もそれに参加していいかな？」

「あんたは役に立ちそうにないからいらない！」

「そんなー」

扇奈は、劉生そっちのけで次なる服について奏と話し合いを始めた。

扇奈は劉生を見返そうと怒りに燃えているし、奏ももっといい服を作ろうとやる気満々だ。

「……これはしばらく、デザイナー奏、モデル扇奈のファッションショーを見させられそうだな」

女子二人の相談する姿を眺《なが》めながら、劉生は疲れた嘆息《たんそく》と一緒にそんな台詞を吐《は》き出した。

来月は六月、梅雨《つゆ》のシーズンに入る。雨が降れば、屋外での活動は大幅《おおはば》に制限されてしまう。

逃げ場のない旧伏見家で否応《いやおう》なく様々な衣装を着た扇奈に迫《せま》られる自分が容易《たやす》く想像できてしまう。

それは楽しみのような、恐《おそ》ろしいような。

こっそり、自分の左胸に手を当ててみる。

心臓は、ドキドキと早鐘《はやがね》を打っていた。

〈了《りょう》〉

あとがき

はじめての方、はじめまして。久しぶりの方、お久しぶりです。どうも、水口です。

前回バイトの話をしたので、今回もアルバイトの話を一つ。

学生時代に、神社で短期のバイトをしたことがあります。年末年始に袴を着て参拝客にお守りを頒布するという仕事です。大晦日と元旦が潰れてしまいますが、なかなか、というか、かなり割のいいバイトでした。おにぎりとカップ麺のそばが夜食として食べ放題だったし（食べる時間はあまりありませんでしたが）、日給の方もかなりのものでした。いくつかのバイトをしましたが、このバイトより割のいいバイトは僕の人生の中ではありません。長期だったら是非とも続けたいと思うほどのものでした。

もっとも、割がよくても楽だったわけではありません。とにかく寒かったです。足元に小さなヒーターを準備してくれていましたが、袴姿で大量に押し掛ける参拝客にお守りを頒布するわけですから、上半身は常に真冬の寒風に晒され続ける状態でした。袴は結構薄手ですし、当然ジャンパーやコートなんて羽織れません。肌着を二枚重ねたりして防寒対策はしたのですが、凍えそうでした。

そして、大いに残念だったことが一つありました。

巫女さんと一切接点がなかったことです。

バイトの募集で男女両方書いてあったんだから、巫女さんと一緒に仕事できると思うじゃないですか。巫女さんを間近で拝められると思うじゃないですか。コスプレじゃなくて本物の巫女さん（まあ、彼女たちもバイトの学生なのですが）がたっぷり見れると思うじゃないですか。

しかし現実は残酷。一度遠くの方で巫女さん集団がゾロゾロと移動しているのを、チラリと目撃したきりです。多分、参拝客の方が見れたでしょう。これには本気でがっかりしました。巫女さんをしっかり見たかったのになー。

……こういうこと考える不届きな野郎が多いから、男女分離したのかもしれません。

ついこの間冷や汗をかいた話。

先日、階段で足を滑らせて、スマホをぶっ壊すというとんでもないミスをしてしまいました。スマホがくの字に曲がって、画面がひびで真っ白という、誰が見てももう使い物にならないという状態になってしまいました。

ぶっ壊れたスマホを見て真っ先に頭に浮かんだのは、機種変しなくちゃとかではなく、ゲームの引継ぎちゃんとできるか⁉　でした。

カバーのコメントにも書きましたが、ゲーム好きの人間なので、スマホでもいくつかゲームをしています。今まで集めたレアキャラとかコツコツ経験値を稼いで上げたレベルが露と消えると考えたら、全身から冷や汗がふき出しました。汚れた服とか傷めた腰とか血が出ている手とかどうでもよくなりました。

幸いなことに、無事全てのゲームのデータは新しいスマホに引き継ぐことができました。きちんと事前に手続きをしていたようです。

よくやった過去の自分！　と大いに安堵したのですが、きちんとバックアップしていなかったものもあり、電話帳がその一つでした。どうやら数年前からバックアップデータを更新していなかったようで、ここ数年で登録した人の電話番号がごっそり消えていました。

その最たるものが、担当氏の電話番号でした。

僕は知らない番号には絶対に出ない人間なので、電話帳から消えた担当氏の電話番号から何度かかってきても絶対に出ませんでした。担当氏、ごめんなさい。

みなさん、大事なデータのバックアップや引継ぎはきちんとしておきましょう。ゲームデータや人間関係が失われます。

謝意を。

大変お忙しい中、今回も素敵なイラストを描いてくださったろうか先生、本当にありがとうございました。

今回のエピローグは、表紙のメイド姿の扇奈のイラストを始点として考えました。話に対して、こういうアプローチの仕方をしたのは初めてのことで、とても新鮮な気持ちで書くことができました。文とイラストが合わさってこそ、ライトノベルなんだな、と改めて実感しました。

それではまた。今後とも何卒よろしく。

HJ文庫 954 http://www.hobbyjapan.co.jp/hjbunko/

「私と一緒に住むってどうかな？」2

見た目ギャルな不器用美少女が俺と二人で暮らしたがる

2021年9月1日　初版発行

著者――水口敬文

発行者―松下大介
発行所―株式会社ホビージャパン

〒151-0053
東京都渋谷区代々木2－15－8
電話　03(5304)7604（編集）
　　　03(5304)9112（営業）

印刷所――大日本印刷株式会社

装丁――AFTERGLOW／株式会社エストール

Printed in Japan

ISBN978-4-7986-2582-9　C0193

ファンレター、作品のご感想お待ちしております

〒151－0053　東京都渋谷区代々木2－15－8
(株)ホビージャパン HJ文庫編集部 気付
水口敬文 先生／ろうか 先生